CHOIX, ÉDUCATION

ET DRESSAGE

DU CHIEN D'ARRÊT

PAR

UN CHASSEUR COSMOPOLITE

PARIS
E. DENTU, LIBRAIRE-ÉDITEUR
Palais Royal, galerie d'Orléans.
1872

AF472843

604
1872

CHOIX, ÉDUCATION

ET

DRESSAGE DU CHIEN D'ARRÊT

S 2517

CHOIX, ÉDUCATION
ET DRESSAGE
DU CHIEN D'ARRÊT

PAR

UN CHASSEUR COSMOPOLITE

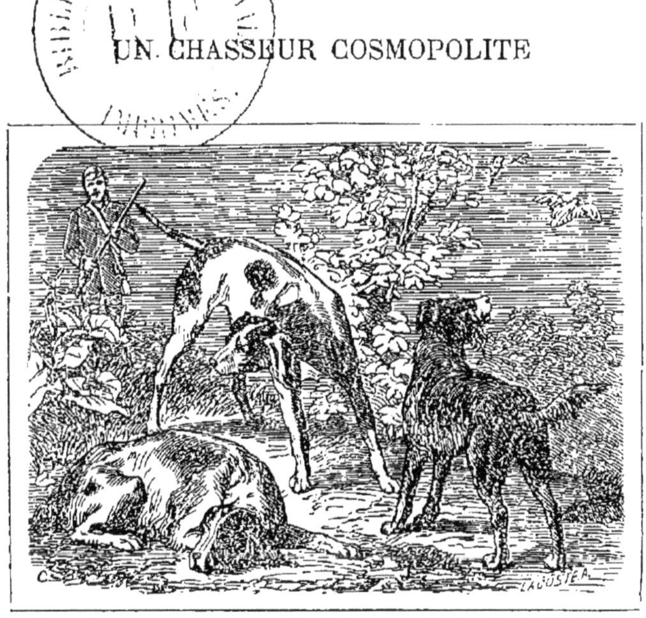

PARIS
E. DENTU, LIBRAIRE-EDITEUR
Palais Royal, galerie d'Orléans.
1872

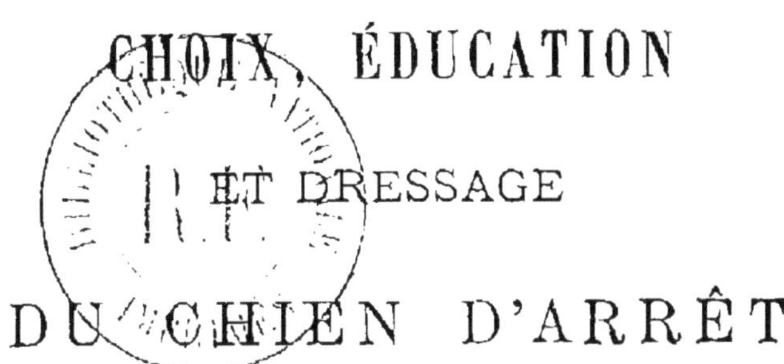

CHOIX, ÉDUCATION
ET DRESSAGE
DU CHIEN D'ARRÊT

PAR

UN CHASSEUR COSMOPOLITE

LETTRE I.

Mon cher et jeune ami,

Vous faites appel à ma vieille expérience, plus que cela encore à ma plume inhabile. Vous me demandez de vous communiquer en une ou plusieurs lettres ce que j'ai pu apprendre moi-même, pendant une dizaine d'années de chasses en Europe, en Afrique, voire même en Asie, sur nos chiens et principalement sur la manière de dresser vos élèves au noble service auquel vous les destinez. Je veux bien essayer, à condition que nous nous bornerons à la pratique du chien d'arrêt, mais surtout que vous n'exigerez pas de moi une œuvre de style en même temps que d'enseignement, à condition, enfin, que je généraliserai notre sujet, en dépassant la limite de vos désirs et de vos besoins, jusqu'à l'étendre aux désirs et aux besoins de tous nos apprentis et adeptes en Saint-Hubert.

Vous me dites que vous avez vainement cherché un traité de dressage du chien d'arrêt. Je crois aussi qu'il manque à notre bibliothèque de chasse; je ne suis pas en situation d'en fouiller les archives; nous nous contenterons donc l'un et l'autre, moi de ce que la longue expérience m'a fait de souvenirs et de convictions, vous de ce que je réussirai à en tirer. Je m'étonnerais, cependant, qu'il n'y eut rien d'écrit avec quelque étendue sur ce sujet si intéressant. En cherchant bien, nous rencontrerions peut-être ce que vous désirez; mais je tiens à vous éviter cette peine autant peut-être qu'à vous instruire moi-même. Je vous avoue que j'aurai grand plaisir à cette longue conversation à propos de chiens.

Délaissement du chien en France.

Comme vous je pense qu'on s'occupe trop peu de ce noble ami de l'homme, non pas chez les portières, ni chez les duchesses, non pas dans nos intérieurs bourgeois, ni dans les chaumières, mais bien chez les chasseurs. Les chiens abondent, et les chasseurs aussi; il y a même trop des uns et des autres et, ajouterez-vous, pas assez de gibier. Tout cela est vrai.

Mais ce qui est triste, c'est l'abandon dans lequel nous laissons depuis longtemps nos belles races de chiens d'arrêt. Permettez-moi quelques plaintes à cet égard; elles sont le début tout naturel de notre sujet.

On peut dire des bons et beaux chiens en France ce qu'on dit de la vertu : *rien de plus commun que le nom, rien de plus rare que la chose.* Depuis longtemps, depuis, sans doute, que le droit de chasse s'est égalitairement étendu à tous les citoyens ayant 40 francs de trop et quelques loisirs, depuis que le privilège a cessé, que les grandes familles ont disparu dans le niveau commun, personne ne s'est occupé d'autre chose que d'avoir un permis, un fusil quelconque et un chien de rencontre. Nos belles races ont sans doute fait comme les citoyens; elles sont descendues dans la rue en 1789 et n'ont pas été relevées, depuis, de cette souillure acquise par le droit de révolution et d'égalité, entretenue par l'ignorance et l'indifférence du grand nombre, par l'absence de hauts patrons et d'éleveurs émérites. Il serait ridicule, à coup sur, de regretter le généreux amalgame des hommes qui a abaissé les uns, relevé les autres, nivelé la masse; mais nous ne pouvons nous arrêter de gémir de ce que le même mélange, en atteignant nos chiens, ait noyé nos pures races dans un sang moins digne et les ait abaissées, sinon jusqu'au type populacier, du moins jusqu'à un mâtinage sensible et presque général.

La forme ne s'est pas seule altérée; l'intelligence, l'instinct et l'éducation sont descendus au même niveau banal. Ce que nous appelons complaisamment un chien dressé n'est le plus souvent qu'un compagnon de chasse qui fait manquer ou perd la moitié du gibier qu'il lève et qu'on lui tire, qui quête pour son compte plus que pour le compte de son maître et se distrait, dans les moments perdus, à arrêter les alouettes, les serpents ou les taupes.

Caractères des races.

Laissez-moi corroborer mes regrets et mes critiques de quelques notions de physiologie théorique et pratique fondées sur des exemples comparatifs d'une certitude qui ne supporte aucun doute.

EFFETS DU CROISEMENT. — Les grandes races humaines, vous le savez, ne se perpétuent dans leurs caractères propres, physiquement et moralement, qu'à condition de ne pas se mêler entre elles. De ces races les unes ont sur les autres une prééminence de forme et d'intelligence évidente. Mariez deux individus, l'un de la race inférieure, l'autre de la race supérieure, une négresse vierge et un blanc, vous en obtiendrez le plus fréquemment un être composite, intermédiaire en toutes qualités et défauts, et non pas une fois un blanc, une autre fois un noir; premier point.

A cette femme, une première fois mère des actes d'un blanc, rendez un époux de sa race qui la féconde à nouveau; il en sortira, au moins une première, peut-être une seconde et même une troisième fois, un être doué de quelques traits physiques et moraux qui rappelleront nettement ceux du premier époux. D'âne à jument, de sanglier à *laie* domestique, ce résultat se poursuit, sous la forme de métis qui se dégradent à chaque nouvelle portée due à un autre géniteur d'espèce identique à celle de la femelle, jusqu'à la troisième génération; deuxième point.

De plus, on a des raisons pour croire que l'influence du mâle sur la femelle va au-delà, ou plutôt retourne en deça des produits qui en dérivent, qu'elle s'exerce sur la mère elle-même de manière non-seulement à y graver une empreinte physique difficile à effacer, mais encore à modifier son moral, à le détourner vers les défauts ou les qualités de son premier géniteur même; troisième point.

Enfin, personne n'ignore que les alliances prolongées dans une même famille détériorent progressivement la descendance et affaiblissent la puissance reproductrice des mâles et des femelles; quatrième point.

Qu'au contraire, un croisement d'occasion a pour effet de doubler, pour ainsi dire, les défauts et les qualités, mais qu'un croisement de choix donne les plus beaux résultats en mitigeant les défauts et rassemblant les qualités; cinquième point.

Faisant application de ces données à ce qui concerne les chiens, elles suffisent pour expliquer pourquoi nous n'avons plus de beaux chiens d'arrêt en France et pourquoi les Anglais ont conservé leurs beaux types; comment les races s'altèrent et comment elles s'améliorent. Voyez, en effet, ce qui se passe en deça et au-delà du détroit, toujours à propos de chiens, bien entendu.

Ce que les Anglais font pour leurs animaux domestiques, chevaux, oiseaux de basse-cour, bêtes d'étable, ils le font depuis bien longtemps pour leurs chiens. Non-seulement, ils ont entretenu leurs belles espèces indigènes, mais ils en ont importé et acclimaté qui leurs paraissaient dignes de leurs soins. Doués d'un excellent esprit de méthode, perpétuant, plus aisément qu'en France, dans leurs grandes et riches familles d'aristocratie, l'habitude du choix, la tradition du meilleur en beaucoup de choses, ils n'ont cessé d'user de toutes les précautions nécessaires pour écarter de leurs belles et bonnes espèces canines ces souillures de la rue, ces immixtions furtives qui entachent irrévocablement les générations subséquentes. Ils marient leurs chiens, comme ils marient leurs chevaux, je dirai presque comme on marie et même mieux qu'on ne marie les maîtres. L'accouplement de la chienne, la naissance des petits s'accomplissent, l'un sous la sauvegarde attentive d'une retraite sévère, d'un choix parfait du géniteur, tous deux sous le couvert de témoignages, d'attestations écrites qui sont les parchemins de famille, les titres d'une incontestable authenticité. Des éleveurs patentés et émérites font profession d'offrir aux vrais amateurs des rejetons qu'on pourrait leur demander en toute confiance, mais qu'ils n'expédient qu'après un choix fait sur portrait photographique et qu'ils ne délivrent qu'accompagnés des brevets attestant une provenance de bon aloi.

Aussi intelligents, mais peut-être trop exclusifs en matière de dressage et d'usage, nos voisins n'appliquent leurs chiens d'arrêt qu'à tel ou tel service de chasse le mieux adapté à leur plus brillante qualité. Chiens pour le bois, chiens pour le marais, pour la plaine, pour le lièvre, pour les perdreaux, pour l'arrêt, pour le rapport, chacun a à remplir un devoir spécial qui est supérieurement accompli. Chasseurs grands seigneurs, passionnés et instruits, les Anglais comprennent donc bien toute la valeur de la race; ils répudient ce qui n'a pas le cachet d'une origine sûre, améliorent par d'heureux accouplements et introduisent, jusque dans le dressage et l'emploi, les principes et la méthode qui les guident dans la reproduction.

En France, et depuis trop longtemps, la chasse au chien d'arrêt a tourné en une sorte de promiscuité dans toutes les questions qui s'y rattachent. Le petit rentier de nos jours, le mince propriétaire ne songent qu'à se munir d'un permis, d'un fusil et d'un chien quelconque. On s'inquiète médiocrement de la souche, encore moins de la lignée et on met l'animal à toutes sauces; voire même on donne du champ au premier mâtin venu. Voici comme tournent les choses en très générale habitude.

Je suppose qu'un de nos amateurs à la centaine ait une belle et bonne chienne ; d'abord il ne l'estime et ne la compte réellement que pour elle-même : il n'a aucun moyen d'empêcher ses sorties à l'époque du rut ; elle rentre au logis déshonorée par les œuvres des polissons de la voie publique et ne rapporte que des nichées revêtues des plus malséantes bigarrures. Un beau jour, cependant, il prend fantaisie au patron, aussi ignorant qu'insoucieux, d'obtenir quelques produits de cette souche déjà contaminée ; il s'en va réclamer les offices d'un mâle en renom dans le voisinage et réussit, ou ne réussit pas, à empêcher les coups de canif dans ce contrat improvisé. On n'en obtient et l'on n'en élève pas moins trois ou quatre petits retenus d'avance par des amis favorisés, lesquels, plus tard, s'y prendront de la même façon pour perpétuer une espèce dont on dit merveille... chez leurs propriétaires.

De tous ceux qui sont intéressés à cette filiation, il en est peu, s'il en est un seul qui sache que la femelle porte longtemps, je dirais volontiers toujours, le cachet du premier mâle qu'elle a reçu ; qu'elle doit être, pendant toute sa vie, préservée d'accointance étrangère, si l'on veut qu'elle donne des descendants à caractères fixes et légaux; qu'elle n'aura un rendement légitime qu'à condition qu'elle sera unie toujours au même mâle, ou à un mâle analogue au précédent quand un premier choix aura été fait d'une manière intelligente; enfin que ce choix d'un géniteur doit s'exercer dans des rapports de taille, d'instincts, de pelage, de qualités qui puissent ou s'unir pour se doubler ou se fondre sans différences choquantes. Le plus souvent on perd tout au début, lors du premier rut, l'occasion de se créer une suite non équivoque de portées.

Dans cette confusion polygame, la forme matérielle ainsi que les vertus morales, instincts, intelligence, caractère, s'altèrent; beaucoup de ces enfants naturels ont déchu de la souche. Les uns en conservent les signes organiques, mais n'en ont plus les riches instincts; d'autres n'ont hérité des traits de leurs aïeux que juste ce qu'il en faut pour que, sur une grossière apparence, on dise qu'ils sont de race et propres à la chasse; le reste n'a ni la cervelle, ni la forme et ne sert plus qu'au vulgaire emploi de chien aboyeur.

Le commerce des chiens est presque inconnu en France; personne n'en vit et n'en fait métier à patente. On laisse grandir un rejeton obtenu d'un ami; on achète d'un garde un cadet doué de quelques bonnes apparences ; on paie 100 francs, quelquefois 200 un chien par hasard bien réussi parmi ses frères mâtinés et arrivé à ses deux ans avec quelques mois d'un prétendu dressage; et l'on s'élance à la quête des perdreaux et des lapins, des bécasses et du lièvre, des cailles et des rales d'eau! Car on veut que le même chien connaisse et pratique avec un égal succès toutes les chasses d'habitude et d'occasion. Le braque ira à l'eau glacée ; l'épagneul sera mis sur des terres brûlantes et desséchées ; un gracieux pointer fera le bois comme un basset ; tous auront à quêter sous l'exigeant fusil du patron, à flairer le champ, à fouiller la haie, à affronter les ronces, à arrêter, à rapporter dans la perfection, à se plier à mille incidents d'ordre ou de caprice, et cela par la vertu d'un amalgame flétrissant et d'un dressage de douze semaines ; de plus ils auront à perpétuer intégralement leur type malgré la négligence et l'ignorance des possesseurs, malgré les convoitises et les furtifs larcins de la rue, malgré les rencontres illicites, malgré l'abâtardissement déjà acquis par héritage.

De tous ces reproches, il en est un sur lequel nous devons cependant passer condamnation, celui qui se fonde sur l'emploi multiple du chien. Pour bien des raisons qu'il est inutile de déduire, on serait mal venu d'exiger de nos confrères en Saint-Hubert qu'ils spécialisassent, comme le font les Anglais, le service des chiens. On ne lutterait avec aucun fruit contre la nécessité contraire, celle d'obtenir des nôtres des talents variés, des aptitudes multiples répondant aux gouts multiples, qui, eux-mêmes, répondent aux conditions de fortune, d'éducation traditionnelle de nos chasseurs. Il y a donc grand intérêt à montrer ce qu'on peut tirer d'un dressage intelligent et méthodique.

Je voudrais entrer de suite dans cette question elle-même, qui est notre principal sujet et m'y contenir sans diversion aucune. Mais, pour dresser un chien, ne faut-il pas avoir un chien, comme pour faire un civet de lièvre il faut d'abord avoir un lièvre. Ce compagnon de plaisir ne doit-il pas être choisi, et ce choix ne nécessite-t-il pas des connaissances telles qu'on soit à même de ne pas s'y tromper? Il faut plus encore : un maître intelligent, habile, expérimenté. Tâchons donc de reconnaître d'abord l'un ; nous tâcherons ensuite de montrer ce que doit être l'autre, enfin ce que doivent être l'un pour l'autre, l'un près de l'autre, le chien et le maitre, ces deux amis animés de la même passion, s'assistant et se perfectionnant l'un par l'autre. De cette façon nous aurons compris tout notre sujet, et, en traitant d'abord certaines généralités qui y affèrent, nous n'aurons plus à revenir sur elles, en même temps que nous ferons mieux comprendre les détails qui ressortiront de ces généralités mêmes.

LETTRE II

Du choix d'un chien.

Je ne veux pas, comme on dit, remonter au déluge; mais il me semble que je n'ai pas encore parcouru tout le champ des généralités. Il en est qui se rattachent de si près à la question du choix et du dressage, que j'aurais peine à les laisser en arrière, d'autant plus que je serais obligé d'y revenir plus loin. Faisons donc encore une ronde autour de ce double pivot; elle servira à mieux circonscrire le fond même du sujet proposé.

Ainsi ne désirez-vous pas savoir pourquoi je vous mets si fort en garde contre les erreurs de choix? pourquoi je regrette tant que nos belles espèces aient pour ainsi dire disparu? C'est que, dans ma conviction, l'espèce porte avec elle des dispositions physiques et morales spéciales, transmissibles, héréditaires. D'une manière très générale vous savez que nos animaux sauvages et domestiques sont très distincts, de genre en genre, de famille en famille, par leur conformation autant que par leurs instincts. D'une manière plus particulière vous savez que les variétés d'un même genre, étudiées d'un peu près, offrent encore des caractères différentiels tranchés. Il en est du genre chien comme du genre humain; sous une commune apparence les variétés de ces deux genres se distinguent entre elles par des signes physiques autant que par des signes moraux. C'est d'après ces différences d'organisation que telle ou telle variété canine, entraînée par tel ou tel penchant, s'est trouvée plus propre à tel ou tel usage. La race toute entière possède l'instinct de chasse; il en est de même de tous les animaux de la création. Mais lorsque l'homme a voulu s'aider des services d'un compagnon à quatre pattes, il a rencontré des variétés de l'espèce mieux douées que les autres et, peu à peu, faisant parmi elles un choix fondé sur de longues épreuves, il a désigné celles qui possédaient les plus sûres et les plus constantes aptitudes, les qualités les plus propices. Intelligence et docilité, goût prononcé pour la quête de certains animaux intitulés gibier, agilité et résistance à la fatigue, flair exquis, prudence qui détermine l'arrêt devant un objet immobile, affection absolue pour l'homme, tels sont les mérites qui ont valu à quelques variétés l'honneur du choix et la dénomination générale de chiens d'arrêt.

Malgré que l'éducation obstinément poursuivie soit capable de détourner dans un sens collatéral la nature primitive de tel ou tel chien, on ne fera jamais, cependant, que le terre-neuve ne soit pas par-dessus tout un chien aquatique, le courant un chien de poursuite et de gueule, le chien mouton un être tout spécial parmi ses congénères, le roquet un braillard du foyer domestique, le lévrier un coureur à vue, infidèle et privé d'odorat.

D'un autre côté, comme les qualités chasseresses passent de génération en génération à dose native d'abord, puis à dose qui s'accroît par l'éducation et l'usage ; comme les qualités non chasseresses, qui ne sont à notre point de vue que des défauts, se communiquent aux produits issus de mélanges, il s'en suit que le choix doit porter d'abord sur telle ou telle race bien déterminée, ensuite sur un sujet de cette race pur d'apparentage équivoque, et même, pour plus de certitude, directement sorti de parents exercés par de bons et longs services, enfin, allaité par sa mère ou par une nourrice de sang équivalent.

Tels sont les principes les plus généraux du choix à exercer. Il en est de particuliers d'après lesquels il est encore très important de se guider. Ils sont relatifs à la variété préférable selon le climat chaud, tempéré ou froid du pays où l'on chasse, selon la nature principale du terrain, l'espèce la plus abondante de gibier, l'âge et les goûts du chasseur ; ils affectent même le choix dans ce qui se rapporte au pelage, à la nuance, à la taille du chien.

En effet, mon cher ami, nos deux principales variétés, le braque et l'épagneul diffèrent beaucoup dans leurs aptitudes en raison même de leur courte ou longue toison. Le premier redoute le froid, l'humidité et l'eau ; il y frissonne, y perd son nez ; sa patte s'y ramollit et et se gonfle. Il supporte très bien la chaleur et la soif. Le second, au contraire, supporte le froid et désire l'eau ; la chaleur l'abat, lui ôte la délicatesse du nez, brûle ses pattes, développe l'odeur forte de sa peau et provoque une soif qui lui devient un supplice si on ne le tient sur un cours d'eau.

L'un est donc un chien terrestre, méridional, l'autre un chien d'étangs, de marais, de rivière et de climat froid ; l'un et l'autre peuvent se rencontrer et être utilisés sous une zône tempérée, mais à condition qu'on les mènera autant que possible celui-ci en terre et au soleil, celui-là en eau et à l'ombre. La sensibilité cutanée, l'odorat, la conformation de la patte, la bonne humeur et l'ardeur y sont intéressés.

La variété braque comprend le couchant et le pointer; le premier docile, fourrageur, dur à la fatigue, précoce; le second emporté, bondissant, délicat du pied et du cuir, tardif, très brillant en plaine, quittant volontiers le fusil pour allonger sa quête, arrêtant brusquement, très beau mais indocile, vagabond, boudeur, fuyant l'humidité et la haie. Entre le braque et l'épagneul sont le mi-poil et le griffon, deux chiens qui seraient parfaits et capables de toutes les chasses si l'un provenait toujours de parents bien associés, si l'autre n'était si rogue, si têtu.

Enfin le chien anglais et le français offrent, comme les deux nations entre elles, des dissemblances générales qu'il est bon de connaître. Le fils d'Albion est aristocrate, élégant, distingué, haut sur jambes, à encolure gracieuse, à poitrail étroit; il est gambadeur, tardif, mais très soumis aux exigences du dressage, délicat, amoureux de l'espace et du gibier d'aile, géniteur incertain, rejeton exposé aux maladies. Le français passe sur beaucoup de commodités de couchage et de nourriture, se tient plus volontiers sous le fusil, a la quête très serrée, fouille partout, suit volontiers la piste du lièvre et du lapin, a le poitrail ouvert, le col court, la queue longue, la jambe demi-haute; il supporte mieux la fatigue, est plus apte à poursuivre tous les gibiers, mais est d'allure un peu lourde, de port commun, très salace et plus tapageur.

Français ou anglais, italien ou russe, le chien de chasse se distingue encore des autres variétés de son genre naturel en ce qu'il est très affectif, accueillant, sociable, peu querelleur de rue, ni préoccupé de surveiller la maison ; il garde volontiers l'attache, n'aboie qu'au fusil et en chasse; il reconnaît et juge par l'odorat ; il n'entre dans aucune maison, ne passe à côté d'aucun tas d'ordure sans les fouiller du nez ; il ne mord jamais et répond à toutes les flatteries par un regard caressant et un gai mouvement de la queue. Il fraie avec les inconnus, avec les chevaux, même avec les chats et tous les animaux domestiques. Défiez-vous du chien qui ne répond pas à ce portrait; il a sûrement quelque vice d'origine, au moins d'éducation.

Maintenant les conclusions vont de soi. Vous devinez aisément quelle variété conviendra selon les territoires, selon le climat de localité, selon que l'on aura à chasser en plaine ou au marais, selon que le gibier de plume ou de poils abonderont respectivement, selon que l'âge plus ou moins allègre du chasseur s'accommodera d'un aide vif ou plus lent. La question de taille n'a qu'un intérêt relatif; c'est affaire de goût plutôt que de nécessité ; cependant ne poussez au marais qu'un chien haut sur jambes et à poils gras et longs. Un chien de petite taille est plus facilement logé, nourri, transporté par qui n'a que des pénates vagabonds ; il fait moins de froufrou au bois et n'effarouche ni lapin, ni bécasse avant le moment favorable pour le lever et le tir. Un chien de taille médiocre devra toujours être préféré. Quant à la couleur, toute question de trait de race mise à part, je vous engage à préférer un chien de robe claire. Que de chasseurs trompés ont envoyé à leur Médor ou Tom un coup de fusil adressé à un renard, à un lièvre supposé. Je vois encore un de mes amis, rapportant dans ses bras, éploré et contrit, son pauvre chien fauve qu'il avait pris pour un lièvre au sortir d'une broussaille. Rude émotion pour un brave chasseur ! J'en sais aussi quelque chose !

Il n'est point de chien qui réunisse en lui seul ces conditions si variées d'aptitudes et de convenances ; de plus un seul chien peut faire défaut à son maître par blessure, par maladie ; aussi l'amateur aisé et expérimenté se donne-t-il le luxe et le soin d'en entretenir d'espèces différentes. Je vous loue, mon cher ami, de vous être conformé à cette recommandation que je vous ai faite de bouche et que je transcris pour ceux qui voudraient employer quelques heures à lire mes épîtres professorales.

J'aurais beaucoup à vous dire encore pour compléter l'histoire naturelle du chien d'arrêt, surtout pour vous désigner les caractères spécifiques de telle ou telle variété. Mais des traités spéciaux vous donneront, sur ce sujet, toutes les notions désirables. Comme je m'attache surtout à remplir une lacune, permettez-moi de vous renvoyer à ce qu'ont écrit des hommes plus versés que moi dans ces détails très intéressants. Il me suffira de vous dire qu'en général on reconnaît un chien de race pure à sa distinction de port et d'allures, à la finesse de son poil et de sa peau, à l'uniformité de nuance de son pelage qui ne doit porter, en fait de bigarrures, que des taches plus ou moins foncées au-dessus des yeux, aux pattes et sous le ventre, taches qui sont une dégradation de la nuance générale et ne tranchent pas sur le fond par une démarcation nette. C'est vous dire que tous nos chiens à plaques versicolores sont éloignés du type naturel et primitif par le fait d'alliances artificielles ou de contamination regrettable. Entrer plus avant dans ces désignations, ce serait dépasser notre sujet ou faire des répétitions inutiles.

Mais je ne saurais trop vous affirmer que les chances sont toutes en faveur de la race. Pendant les cinq ou six années que j'ai passées en Algérie, dans les localités les plus giboyeuses et accompagné de chiens vulgaires, mâtinés et déchus, j'ai des centaines de fois vérifié cette proposition par le contraire même, c'est-à-dire par les défauts indécrottables de ces aides dégénérés. Malgré qu'on les conduisit pendant douze mois de l'année, qu'on leur offrit, en présence d'un gibier très abondant, tant d'occasions d'expérience, tant de leçons appliquées sous toutes formes, il n'en est pas un qui ne gardât quelque horrible défaut. Celui-ci ne se souciait que des pistes de lièvre et s'y acharnait malgré cailles et perdreaux ; celui-là a bourré pendant toute sa vie sur tout ce qu'il a rencontré jusqu'à ce qu'un coup de fusil eut terminé sa bourrante carrière ; un autre avalait intrépidement les pièces tombées jusqu'à ce qu'il en fut repu ; presque tous accourent aux détonations et se précipitent affolés les uns à l'encontre des autres ; tel quittait son maître pour s'en aller aux trousses d'une chienne en rut ; tel répondait aux corrections légitimes par des menaces et des morsures. La finesse de l'odorat est absente de la plupart de ces nez douteux. En voici un qui chasse à la façon des lévriers, à vue ; un autre n'est qu'un courant affublé d'un titre d'emprunt. Perdreaux abattus, lapins roulés n'arrivaient au carnier que ramassés prestement par les maîtres ou sinon revêtus des plus beaux coups de dents ; l'arrêt solide était trop rare, le rapport exact trop difficile à obtenir ; s'il fallait battre à l'ordre ou, au signe du patron, fouiller le marais, entrer à l'eau, la moitié de ces braves chiens renonçaient. Un lièvre blessé avait toutes chances de s'esquiver s'il n'était tenu à vue par tous ces mâtins. Je ne parle pas de l'humeur batailleuse, des jalousies féroces, de la gloutonnerie, des appétits malséants, des lassitudes après quelques heures de courses indiscrètes, des couardises sur le sentier d'une bête fauve, des fuites épouvantées ou des jappements à l'encontre des inconnus ou des Arabes. Cette belle société prêtait au ridicule autant qu'au dépit et je sais plus d'un chasseur déconcerté et furieux qui a envoyé à son malencontreux caniche la bourre de son fusil... avec le plomb, sans autre oraison funèbre qu'un rude juron pour soulagement.

Il me revient que je ne vous ai pas dit un mot des mérites de la chienne, de ses avantages sur le chien. Cette excellente amie est pourtant bien digne de quelques éloges. Je n'ai qu'une seule mauvaise note à lui donner : son rut de chaque année dégoûte et ennuie; sa grossesse est un chômage et sa portée une charge. Son hygiène exige que vous la laissiez au mâle et à ses petits une fois en deux ou trois ans; aux époques naturelles la surveillance est une sujétion. Mais remarquez d'abord que la crise peut ne pas coïncider avec la saison de chasse; ensuite que vous pouvez l'amortir, la raccourcir et l'apaiser en condamnant l'intéressante amoureuse à quelques jours de chasses forcées; enfin, que l'inconvénient lui-même à sa compensation, celle d'une belle et bonne portée qui vous donnera d'excellents élèves. Hors cela, je ne connais à la chienne d'arrêt que des vertus supérieures à celles du mâle : affabilité, fidélité, sens exquis, intelligence fine, docilité et compréhension, allures vives et attentives, manières exemptes de brusquerie, arrêt plus prompt et plus ferme, absence de caprices, de tout détournement en chasse, sobriété, propreté, courage acharné, caractère aimable, je n'en finirais pas de dénommer les qualités de la chienne. Lorsque, dans une chasse nombreuse, on voit les chiens inquiets, distraits, attentifs aux mouvements, aux expressions de l'un d'eux, on peut être certain que c'est une chienne qui attire ainsi les préoccupations, non pas à cause de son sexe, ni parce qu'elle serait en rut, mais parce que sa quête est aussi brillante que sûre, parce que la chienne seule ne se laisse distraire par aucun objet étranger à la chasse, parce que, toute entière absorbée par son service, elle est pour les autres un exemple, un modèle attrayant; elle fait tête de trente. Aussi, tant que je pourrai tenir un permis, un fusil et un chien... ce chien sera une chienne.

LETTRE III

Elevage du chien.

Mon cher ami,

Toutes choses importent à qui veut mener à bonne fin cette créature intelligente et affective dont il aura à requérir les premiers services vers l'âge de douze à quinze mois, quelquefois un peu plus tôt, quelquefois un peu plus tard selon l'époque de l'ouverture et selon la variété de la chasse. Je vous ai mis en garde contre des erreurs de choix afin que vous n'ayez auprès de vous qu'une bête douée des meilleurs instincts et prête à votre enseignement. C'est dans l'intention de mettre de bonne heure ces instincts à profit que je vais vous tracer les règles d'après lesquelles vous devez élever votre jeune chien. Douze ou quinze mois ne sont guère pour écarter à mesure les défauts ou les vices naissants, pour faire une éducation qui, au-delà de cet âge et dès la mise en chasse, ne doit plus être que la fructification de vos premiers soins, le développement de vos premières leçons. Il faut donc commencer tôt. Ce début se rattache aux premiers mois de la vie du chien, car les faits moraux se déroulent rapidement chez lui et à l'unisson des organes.

Mais une question collatérale se présente d'abord ; vidons-la sans hésiter, malgré qu'elle soit une nouvelle diversion. Vaut-il mieux élever un chien qu'en accepter un qui soit tout venu, d'âge propre à la chasse ou qui, déjà, ait été mis en quête de gibier? Convenances personnelles mises à part, j'affirme qu'il importe sérieusement au maître et au chien que celui-ci soit élevé et dressé par le maître lui-même ; du moins cela importe au plus grand nombre de nos amateurs qui ne peuvent, comme les princes et les millionnaires, comme les grands propriétaires anglais, se procurer des chiens dressés jusqu'à une perfection qui les rend indépendants du maître, sujets absolus de la fonction. Jugez-en.

D'abord, tout chien qui change de patron à l'âge de raison et de conscience laisse la moitié de son cœur dans la maison qu'il quitte. Désormais, il n'aura plus ni pour son nouveau seigneur, ni pour aucun autre cette affection unique qui l'attachait aux pas de celui qui l'a élevé; il sera vagabond, infidèle, indocile, à moins qu'il rencontre dans son second maître une nature ferme, intelligente et amoureuse de l'art, un chasseur qui sache absorber ce cœur partagé et commander sans faiblesse à cet esprit troublé.

Outre cela, le chien subit un changement qui le déroute dans ses habitudes, dans son éducation ; le nouveau maître n'a ni les mêmes goûts, ni les mêmes exigences, ni les termes, ni les intonations, ni les procédés, ni les allures, ni les commandements du précédent ; souvent même il baptise son acquisition d'un autre nom ; de sorte que, pendant des mois, alors même que le cœur s'est attaché par les soins reçus, par les plaisirs de chasse partagés, l'esprit reste indécis, l'obéissance incertaine, l'ordre incompris. S'assimiler un chien d'âge est une chose lente et difficile ; encore n'y arrive-t-on jamais complètement. Inconvénient notable et longuement ressenti !

Que de chasseurs ont sottement déshonoré d'une injure des chiens de haute valeur qu'ils croyaient innocemment aussi capables de bien chasser avec le premier venu, qu'avec leur cher et premier maître ! combien font ce vain métier de changer d'aide à chaque nouvelle saison, sous prétexte d'incompatibilité d'humeurs et de talents !

Donc, autant que faire se pourra, élevez votre futur

compagnon ; n'attendez pas qu'il ait plus de trois mois au minimum, plus de six au maximum, pour lui donner sa place définitive dans votre chenil et à votre foyer. Mais si votre situation ne vous permet pas d'élever et de dresser vous-même un bon rejeton, procurez-vous un chien de cinq à six ans, vieux routier de chasse qui sait son affaire et fera les vôtres sans tiraillements, ni indécision.

Débarrassez-vous des importunités du jeune âge en laissant votre élève en pension dans une ferme jusqu'à trois ou quatre mois. Il y trouvera bon air, nourriture de lait appropriée aux sollicitations de ses organes, mouvement qui développera ses petits membres et sa fonction respiratoire, variété de personnes, d'animaux, de sons, de cris, d'allures qui exerceront ses sens et ses jeunes esprits sans les effaroucher ; il apprendra à se cogner, à tomber, à se mouiller, à souffrir sans crier ni se plaindre, à voir mille choses sans japper ni hurler. Rendez-lui souvent visite ; flattez-le de quelques friandises et de vos caresses ; nommez-le fréquemment ; de bonne heure il vous reconnaîtra pour son maître et, lorsque vous l'emmènerez pour le garder auprès de vous, vingt-quatre heures suffiront pour l'habituer à sa nouvelle demeure. Vous lui rendrez cet instant moins pénible en l'amusant par des jeux jusqu'à fatigue et sommeil, en lui offrant un gîte plaisant, un coucher douillet, une pâture nouvelle mais savoureuse, quelques os longs à ronger et des jouets.

Nous entrons dans notre véritable sujet : le dressage va commencer, non pas dressage de chasse proprement dit, mais dressage préparatoire qui est encore l'élevage, si vous le voulez, mais qui intéresse tout à la fois votre chien dans son avenir de chien d'arrêt, dans son présent et son avenir de compagnon du foyer domestique.

La vie d'un chien de chasse est toute entière de soumission, d'affection et de services, d'utilité et d'agrément exempts d'importunité ; tel est son lot. Celui du maître se compose d'amitié, de soins constants, mais libres de sujétion, enfin d'un commandement intelligent et sévère. Voilà ce que l'élève, dès l'âge de trois à six mois, et le maître doivent être respectivement l'un à l'égard de l'autre dans cette nouvelle situation d'intimité définitive.

Soins et éducation domestiques.

Le jeune chien sera installé dans une petite cour pavée ou dans une chambre étroite et carrelée, à l'abri du froid, de la pluie, du soleil, niché; couché sur de la paille, assez voisin du maître pour que ses petits méfaits soit connus à l'instant même où ils sont commis, ses plaintes entendues et jugées. Il acceptera le collier sans rébellion aucune, mais non l'attache dont il faut cependant lui donner l'habitude, autant pour le séjour à la maison, que pour la sortie dans les localités où le vagabondage sans laisse ni muselière est sévèrement interdit.

Il acceptera plus volontiers, deux fois par jour la soupe grasse et, dans l'intervalle, quelques os spongieux qui compléteront son régime alimentaire, l'amuseront et favoriseront la sortie des dents. N'oubliez pas que votre ami est un carnivore et que ses organes réclament instamment du phosphate calcaire. Promenez-le deux fois le jour; tâchez qu'il dorme peu aux heures actives; amenez-le au sein de la famille à des moments irréguliers, non aux repas où il prend l'habitude des sollicitations gourmandes et indiscrètes; faites-le jouer le soir jusqu'à fatigue. Ses plaintes nocturnes que vous aurez chatiées dans les premiers temps ne seront plus, si elles se renouvellent parfois, que l'avertissement d'une souffrance, d'un malaise, d'une incommodité. Un rat qui se promène, un gros insecte qui remue sous la paille l'agaçent ou l'effraient; ou bien c'est une colique passagère; un couchage puant et humide. Levez-vous, examinez et écartez de votre jeune ami la petite misère qui le tourmente; il sera enchanté de vous voir et très reconnaissant de votre attention. La confiance lui viendra en même temps que l'affection.

Il doit connaître et aimer toutes les personnes de la famille ; mais vous vous attacherez à lui faire comprendre et sentir que vous, vous n'êtes pas tout le monde, que vous êtes le maître absolu. Empêchez qu'il gronde ou qu'il aboie aux survenants, aux inconnus : noble chien de chasse n'est pas chien de garde; à moins que vous aimiez chez vous ce hurlement nocturne que font entendre les roquets et mâtins du voisinage. Défaites-vous de ce goût, — vous ressembleriez trop à cet amateur dont parle Bilboquet, qui n'aimant qu'une note de la musique, se la payait du matin au soir, — mais surtout, vous laisseriez à votre chien un affreux défaut.

Peu à peu, tantôt en le grondant, tantôt en lui fourrant le nez dans les mares d'urine dont il entoure son gîte, à mesure aussi que ses organes supporteront mieux la gêne du besoin naturel retenu, vous l'amènerez à ne se vider que pendant les sorties obligées de chaque jour. Il est de jeunes chiens qu'on ne peut déshabituer de pisser sur la paille de leur logette ; ils la réduisent en un fumier puant qu'il faut enlever chaque jour. Ce vice résulte d'une habitude contractée à la campagne ou de la crainte d'un mauvais traitement; je ne sais aucun autre moyen d'en guérir le petit malpropre que celui de surbaisser le plafond de sa niche à un point tel qu'il ne puisse s'y tenir que couché et non plus en position que vous savez, tête haute, corps abattu, jambes ouvertes, qui est la position favorable pour l'excrétion urinaire. Cette industrie m'a réussi en quelques jours pour une jeune chienne fort obstinée dans ce vilain et singulier caprice.

Quinze jours d'attention, de familiarités suffiront largement pour que le chien de trois à six mois aime et suive son maître. Désormais cette affection ne fera que grandir; le maître devra en tirer profit à mesure, commencer de suite et ne plus abandonner l'éducation qui est le préliminaire du dressage. Dans ses promenades à la ville il inculquera à son élève la contrainte de la laisse et de la muselière, celle de le suivre attentivement et de le bien distinguer à la vue, à l'odorat, de toutes les autres personnes; à la campagne, si la saison est chaude et l'eau dégourdie, il franchira quelques fossés au travers lesquels son compagnon, déjà fidèle jusqu'à l'angoisse, se précipitera et pataugera jusqu'à y apprendre à nager, jusqu'à s'aguerrir contre les obstacles. A la maison il tournera les deux grosses passions de son élève, celle du jeu et la gourmandise, à son avantage même. C'est en lançant des chiffons, des objets variés qu'on enseigne d'abord quatre choses très importantes : la quête, l'arrêt, le rapport et la compréhension des mots usités en chasse.

Dressage préparatoire.

Vous le voyez, mon cher ami, nous voici en plein dressage préparatoire. Il faut s'y attacher avec patience, employer chaque jour, y mettre autant de constance que de bonne humeur et même d'intelligence, car il est parfois très difficile de parler aux enfants; il faut redevenir enfant soi-même tout en restant l'homme, le maître expérimenté qui saisit les moindres incidents pour en tirer un avantage, pour exercer et développer, sans excès de contrainte, cette jeune intelligence qui se dessine peu à peu, mais vite pourtant, à travers le nuage des primitifs instincts.

Tous les jeunes chiens n'ont pas la même précocité; il en est, qui, à trois mois sont aussi ouverts d'intelligence que d'autres à six ; ils sont naturellement plus ou moins dociles. Reconnaissez bien cette situation de leur âme et n'exigez qu'à mesure du développement de leur intellect et de leur caractère. En général les élèves provenant d'une longue suite de parents chasseurs ont les instincts dessinés de très bonne heure, très portés au dressage qui s'obtient alors presque sans peine. Mais il en est qui, doués d'un excellent fond, sont tardifs, longtemps rétifs à l'éducation et qui ne montrent que tard ce qu'ils doivent être réellement.

Quête, arrêt, rapport et compréhension des termes sacramentels! à dix mois un chien doit posséder ces quatre talents. Rien de plus aisé que de les lui inculquer même en quelques semaines. Le jeu lasse promptement lorsqu'on y mêle des exigences qui tourmentent un peu l'esprit du chien; mais la gourmandise ne se lasse jamais; ces deux mobiles alternativement excités et employés sont une double puissance bien plus effective que le fouet et les tons impératifs. Votre écolier est naturellement friand d'os; mais on ne colporte pas cet objet de rebut; il n'a d'usage qu'à la maison; on ne peut en donner qu'à dose modérée à l'insatiable carnivore; il faut donc doubler ce goût d'un autre, de celui des choses sucrées et bientôt du sucre, que l'on trouve partout et que l'on peut avoir dans la poche sans inconvénient de malpropreté.

Voici comme on s'y prend alors : le maître agace son jeune chien avec ses objets de jeu, chiffon noué, peau de lapin ou tout autre et commence par un « tout beau ! » d'attention et d'immobilité; puis il lance à diverses hauteurs et en divers sens le jouet que le chien poursuit, ramasse et pille en gambadant de plaisir. On le laisse s'amuser pendant quelques instants, puis on va à lui en prononçant le mot « apporte ! » Dans ces premiers amusements le chien apprend à se tenir prêt et attentif, à suivre de l'œil un objet qui voltige dans des directions et à des hauteurs variables, à le happer lors de sa chute, à entendre des mots encore insignificatifs, mais bientôt compréhensibles.

Peu à peu on obtient de lui qu'il s'éveille, se redresse et prenne position d'attente au seul appel : « tout beau ! » qu'il lache l'objet ramassé au même commandement. Dès lors, on complique l'exercice d'un autre terme ; au moment du lancer de l'objet on crie : « cherche ! » puis « apporte ! » en répétant le dernier mot d'ordre « apporte ! apporte ! » en même temps qu'on va à lui pour prendre l'objet ; on le flatte très vivement dès qu'il exécute son premier rapport et on le récompense d'un fragment de sucre.

Alors on ajoute au mot « cherche ! » une extension qu'il n'avait pas encore. On cache l'objet dans quelque meuble, dans les coins obscurs et on répète « cherche ! cherche ! » en donnant soi-même l'exemple de la quête jusqu'à ce que l'élève ait compris. Ces jeux le fatiguent vite : il renonce dès que l'invitation se fait ordre; ne le rebutez pas par une exigence précoce. Lorsque le jouet est délaissé, remplacez-le par un morceau de sucre que vous montrez et lancez avec les mots « tout beau! cherche! » Vous le glissez d'abord ostensiblement sous un meuble en répétant « cherche! cherche! » puis vous le cachez, à l'insu de l'élève, pour l'inviter aussitôt à quêter, à trouver et à dévorer sa récompense. De ceci il ne se rebute pas; bientôt, quelque soin que vous ayez mis à faire une cachotterie, quelque mince que soit l'appât, la patience alléchée du gourmand le dénichera; s'il renonçait à cette recherche, conduisez-le, montrez-lui la cachette et recommencez.

Parfois laissez-le assister à vos repas, non régulièrement, car en deux jours consécutifs, il en prendrait la douce habitude et vous étourdirait de ses plaintes aux heures si vite connues des réunions de table : renouvelez-y les mêmes jeux dont un osselet sera le profit; faites-le chercher sans qu'il ait vu la friandise; mais ne le trompez jamais; il faut qu'au bout de chaque invitation il y ait une réalité goûtée.

Demandez plus encore, de plus en plus, à mesure qu'il comprendra et exécutera; obligez-le par un « tout beau! » péremptoire à ne happer le sucre que quand vous aurez prononcé : « pille! » Lors de sa quête incertaine, indiquez par un geste du bras la direction dans laquelle il rencontrera l'objet cherché en disant : « Tourne ici ! tourne là ! » assistez-le d'une indication plus directe s'il ne comprend pas.

Variez les objets à rapporter, afin que rien ne lui répugne ; du chiffon, passez à l'aile emplumée d'un corbeau ou d'une oie, à la peau d'un lièvre, bientôt même à une dépouille sèche de perdrix, de canard ; faites insensiblement disparaître le jeu et remplacez-le par la leçon, par le commandement ; aux appâts tentateurs du sucre substituez la voix impérative, la gronderie, la menace du fouet ; mais toujours avec le soin de ne pas dépasser cette limite dans laquelle se trouvent, au moment même, son intelligence et sa docilité.

Tout cela est affaire de patience et je dirai de rubrique qui amusent et instruisent. Gardez-vous d'entreprendre de front votre élève, ou de le lasser ; quoiqu'il retienne et pratique de vos enseignements, il ne comprendra tout à fait et n'obéira par vraie soumission que vers l'âge de douze ou quinze mois.

LETTRE IV

Des punitions.

Il est impossible d'élever et de dresser un chien et d'obtenir de lui la soumission, le respect et l'obéissance avec des caresses, des moyens industrieux et des exercices variés seulement; il faut souvent avoir recours aux punitions et, quand celles-ci sont comprises et redoutées, aux menaces de punitions. Les gronderies, les airs fâchés, les gros mots, les gestes, impressionnent de bonne heure votre jeune élève; les renvois à la niche, la privation signifiée d'une promenade habituelle, les démonstrations avec le fouet, enfin les coups de fouet ont plus d'effet encore. Mais j'engage le maître à ne pas abuser de ces corrections effectives et surtout à ne pas redoubler les coups avec colère et vertige. J'ai souvent employé, avec mes élèves, une punition très simple et très efficace pour dompter leur résistance aux leçons de soumission et d'obéissance ; elle consiste à faire venir le chien aux pieds et à le renvoyer à sa niche dix ou quinze fois de suite. Cette manœuvre répétée lui est une humiliation qu'il redoute et qui le soumet aux ordres quelquefois mieux que le fouet. J'ajoute qu'elle ne manque pas d'un excellent effet même sur les enfants.

Piste.

Ainsi donc votre chien se fait attentif à vos appels, même à vos signes ; il quête, il arrête son morceau de sucre, il ne le pille que sur ordre. Voulez-vous qu'il prenne la piste ? qu'il se guide par le nez et non par la vue ? Cachez un os ou du pain trempé dans une sauce odorante sous un paillasson, ou sous un meuble obscur, dans du foin ; élargissez le théâtre des leçons en ouvrant vos chambres, même l'escalier et la cour ; sûr que le profit est au bout de sa peine il fouillera jusqu'à ce qu'il ait trouvé. Créez-lui des pistes en frottant d'un seul trait l'os ou la viande sur le terrain contourné de cet exercice et vous le verrez aller à l'objet comme un bon chien à une perdrix, le nez sur la trace succulente. A mesure de son expérience, opposez-lui de nouveaux obstacles en déposant le bénéfice tantôt sur une saillie de boiserie, tantôt immédiatement derrière une porte fermée; vous l'amènerez à sentir sans y voir, à s'en rapporter à son nez plus qu'à son œil ou à son oreille.

Détournez parfois ces leçons de leurs rapports avec la chasse, car plus vous exercerez son intelligence, ses sens et sa bonne volonté, plus vous le doterez de qualités. Le vôtre n'est pas de la catégorie des chiens saltimbanques, équilibristes et savants; cependant enseignez-lui quelques talents faciles qui élargissent ses dispositions naturelles et lui seront autant d'occasions répétées et variées d'obéissance et de récompense. N'affrontez pas, mais tournez les difficultés pour en venir à bout. Ainsi complétez le rapport en exigeant de votre élève qu'il vienne bien en face de vous s'asseoir sur son séant et tendre l'objet vers votre main; qu'il accomplisse toutes les formalités de cet exercice avec toute chose que vous lui aurez jetée.

Voulez-vous l'habituer à fermer les portes? mettez un fragment de sucre au saillant du pène ou de la serrure, la porte étant au quart, puis à moitié ouverte; il le verra, prendra appui et saisira l'enjeu; la porte se fermant, criez « ferme la porte! » ou « porte! » toutes les fois que vous l'amuserez de ce petit tour. Lorsque votre chien sera dressé à ce commandement, vous remplacerez le sucre par une caresse, duperie dont il ne vous saura pas mauvais gré. De même en dix ou douze fois que vous aurez laissé tomber derrière vous, à des distances progressivement croissantes, un os ou l'éternel morceau de sucre, vous obtiendrez de votre chien qu'il aille méthodiquement sur votre trace plus ou moins éloignée, ramasser le mouchoir ou tout objet à vous appartenant que vous aurez substitué au sucre des premières épreuves.

Ces exercices mènent au but que vous voulez atteindre de développer l'intelligence et de rompre à l'obéissance. Celle-ci devient une routine, une habitude qui ne blesse plus, qui va de soi et qui prépare admirablement l'animal à la docilité nécessaire en chasse ; vous prenez jour par jour un empire de plus en plus absolu. Ne craignez pas d'en user, même d'en abuser ; menacez et punissez, car vous devez désormais tenir au même rang la tentation d'une récompense et la crainte des réprimandes. Montrez que vous voulez, dès que vous serez sûr qu'il comprend et sait. J'ai souvent contraint mes élèves à venir jusqu'à moi, dans une chambre voisine, pour s'en retourner à leur niche vingt fois de suite. Ou bien je feignais de les laisser à l'heure de leur promenade habituelle et j'attendais au-dehors leurs premiers cris pour rentrer aussitôt et les battre au fouet.

Avant de lâcher votre chien en chasse, il faut qu'il soit subjugné autant par affection que par crainte. Si vous n'y avez réussi, redoutez le moment où vous donnerez l'éveil et pâture à ses plus impétueuses passions. Est-ce en chasse qu'il vous siéra de crier, de tempêter, de jurer, de fouetter? Est-ce au milieu de vos amis et des perdreaux qu'il conviendra de faire un tapage importun? Vous reviendriez bredouille et ne raméneriez au logis qu'un chien éperdu et lacéré.

Mais nous ne sommes pas encore à ce jour si attendu, nous n'avons accompli que la moitié de la besogne préparatoire. Ne reste-t-il pas à faire manœuvrer le chien sous le fusil? en dernier lieu à le promener sérieusement dans les champs du voisinage?

Épreuve du fusil.

Il me souvient d'un assez laid mâtin que je dressai en quelques mois jusqu'au point que j'obtins de lui un assez bon service lors de son premier jour de chasse. J'avais eu, un peu auparavant, occasion de remarquer qu'il fuyait le coup de fusil avec une indicible épouvante et je m'assurai qu'il redoutai même la vue de l'arme. Je l'avais amené, à cette époque, à faire arrêt devant un morceau de sucre avec une précision exemplaire. Je me mis, au lieu de lui crier « pille! » à étendre mes bras dans la position du tireur et à remplacer le terme ci-dessus par un « boum! » imitant la détonation. D'abord, mon Médor eut une peur affreuse; mais la tentation le ramena. Je recommençai tant et si bien que, le « boum! » devenant le signal du petit repas, il l'attendait avec une impatience fébrile. Je pris alors entre mes bras vides un manche à balai, que je couchais en joue et qui était censé faire feu de lui-même. L'intrépide Médor broncha de nouveau; mais revint attiré par mes caresses et un bel os que je ne lui laissai qu'à juste compte. Je pus ensuite remplacer le manche à balai par un vrai fusil et le bruit de tout à l'heure par un tact retentissant qui simulait l'éclat d'une capsule. Bref, je mis des capsules, même un peu de poudre dans l'arme et mon chien rassuré se précipitait, aussitôt le signal, sur l'objet de sa convoitise. J'obtins plus encore dans cette mimique domestique de la chasse. Ne voulant pas qu'il courut à tous les boum et à tous les tac qu'il entendrait prochainement, vu qu'une perdrix ne tombe pas à chaque détonation et qu'il est malséant qu'un chien parte comme un fou à la rencontre d'une pièce non touchée, j'obligeai mon impatient à tenir l'arrêt à deux ou trois capsules jusqu'à ce que je criasse fermement « pille ! » En reprenant cent fois ces épreuves, je réussis à le faire manœuvrer à la parole, au geste, au signe, comme un soldat expert à la voix de son officier.

Docilité.

Vous ne serez assuré de la docilité d'un jeune chien que quand vous l'aurez éprouvée dans les situations les plus passionnées et les plus variées. Elle doit aller, en matière de leçons, jusqu'à l'abandon ou au rapport sur ordre des objets qui appètent le moins ou le plus à votre chien. Commandez qu'il apporte cet os, ce morceau de sucre qu'il allait croquer et qu'il vous le dépose dans la main. Tout-à-coup, chez vous, au dehors, pendant les repas, pendant son sommeil, faites exécuter une manœuvre, renvoyez à la niche. Le chien n'est généralisateur qu'à son goût. Etudiez-le ; vous verrez que s'il croit vous devoir obéissance au logis, en revanche il se croit tout à fait libre dans la rue. Là il vous échappe et il vous échappera bien plus en chasse si vous ne savez le tenir à vos volontés.

A la campagne on peut à son aise rappeler, gourmander et battre un chien ; mais à la ville on se donne en spectacle gratuit aux passants et l'on n'ose ni crier fort, ni fouetter, de sorte que votre Tom s'échappera plus d'une fois et vous reviendra d'autant moins qu'il vous verra plus fâché. Les doux appels, les câlineries ne réussissent pas mieux ; votre élève se tient à distance et se donne de l'air.

Je ne sais, pour le reprendre, que deux moyens qui m'ont toujours réussi, surtout en chasse et lorsque l'appréhension d'un châtiment mérité ou le ressentiment d'une correction administrée, écartaient de moi mon chien tremblant ou boudeur. Je jetais mon mouchoir en criant « apporte ! » jamais mon esclave ne défaillait à cet ordre. Il rapportait, heureux et fier de cette commission derrière laquelle il n'entrevoyait pas le fouet. Ou bien encore, je lui tendais ostensiblement son collier ; il arrivait et recevait dévotieusement le châtiment de sa faute. Je ne sache pas de chien qui ne vienne tendre son cou à la servitude consacrée ; déposez ces deux recettes au fond de votre sac avec le collier et le mouchoir ; elles sont excellentes, je vous le garantis.

LETTRE V

Apprentissage de chasse.

Cependant votre chien a grandi. Le moment approche où vous lui demanderez ses utiles services. Jusque-là ne l'abandonnez jamais à lui-même ; au contraire, multipliez les leçons. Vous avez dû profiter des beaux jours pour le conduire à la rivière, le faire nager avec vous, l'obliger à rapporter à l'eau comme sur terre, l'accoutumer à la vase, aux herbes marécageuses, aux surprises des îlots flottants ; même il vous a été loisible de tirer quelques bécassines.

C'est une épreuve préparatoire qui me semble bonne. Ce gibier lève seul, sans quête, sans bruit ; il est assez rare et n'a aucun effet émouvant. Le chien ne l'aperçoit qu'à travers le coup de feu ; les plus habitués ne les chassent qu'à vue, par conséquent avec prudence, sans emportement. Le vôtre y gagnera : de se défaire de ses premiers étonnements, de s'habituer aux détonations, de rechercher la pièce dans la direction du coup de fusil, de n'aller que sur commandement à l'eau qui supporte l'oiseau abattu, de rapporter du premier coup avec exactitude et de comprendre les relations qui existent entre la direction de l'arme, son feu, et la chute d'une pièce de gibier.

Mais ne faites cette chasse que deux ou trois fois, à découvert, et abrégez-là, afin que votre chien ne s'y passionne pas, afin qu'il reste toujours à proximité sous votre fusil et sous votre parole. Prononcez clairement les termes déjà employés et gardez-vous de vous échauffer comme certains chasseurs qui perdent la tête à crier, à gesticuler, à hurler et la font perdre à leur chien. Flattez beaucoup le vôtre s'il a bien exécuté vos ordres ; mais ne l'excitez pas à ce jeu passionnant de la chasse ; il a besoin maintenant d'être contenu et toujours surveillé.

Le lendemain, menez-le aux champs. Dans vos courses précédentes, soit de promenade, soit de baignade, vous aurez soigneusement évité les haies qui fourmillent de petits oiseaux, de merles, dont le bruit d'ailes et les cris effarouchés appelleraient l'attention de votre élève et lui suggéreraient non-seulement de se détourner à leur suite, mais encore de ne quêter qu'à l'œil et à l'oreille. Vous aurez exigé qu'il ne s'élance jamais en plein champ ou dans la prairie vers quelque noir corbeau, ni qu'il aille flairer la trace de leurs pattes à l'endroit où ils pâturaient tout à l'heure; vous aurez non moins attentivement évité la compagnie d'autres chiens étourdis ou mal appris, qui vagabondent en tous sens, jappent aux moineaux, fossoient aux trous de taupes et s'amusent pour leur compte.

En poursuivant cette éducation vous avez mêlé les jeux aux leçons, donné de bons exemples et évité les mauvais, Vous aurez obtenu l'obéissance en tous temps et en tous lieux. Le moment favorable est arrivé de tenter avec votre jeune ami quelques battues sérieuses.

N'oubliez ni votre canne, ni votre fouet à sifflet. Soit dit en passant, nos sifflets de chasse ont tous un son aigu qui s'entend de loin et rappelle fort bien le chien, il est vrai, mais qui épouvante le mieux du monde les compagnies de perdreaux, lorsqu'elles sont en remise peu couverte. Je me suis, en conséquence, muni d'un sifflet à sons modulés imitant quelques-uns des plus sonores accents du rossignol ; je lui dois, si je ne me trompe, de commander à mon chien sans effaroucher le gibier.

Donc, vous vous mettez en quête d'un terrain dépouillé de ses plus hautes moissons et que vous savez hanté par des cailles saisonnières ou des perdreaux. Accentuez d'abord quelques : « tout beau ! tout beau ! » qui provoquent l'attention et commandez : « cherche ! cherche ! mon Tom ; cherche ici ! cherche là ! » Allez doucement et tâchez de découvrir vous-même quelque gibier sur pied fuyant paisiblement devant vous. Attachez le nez de votre chien sur cette trace, maintenez-le à faible distance et, parfois, couchez votre bâton en joue en murmurant : « tout beau » ! et en flattant votre élève par des noms et un ton caressants. Tenez-le sur cette piste et toujours à une distance qui ne dépassera pas trente à trente-cinq pas, afin que la pièce suivie ne lève jamais, par la faute du chien, à une portée que n'atteindrait pas le fusil.

C'est une règle obligatoire pour les deux premières années de chasse. Plus tard, vous accorderez plus à votre chien, devenu maître à son tour. Obtenez quelques arrêts. Votre allure précautionneuse, vos appels, vos pauses, votre regard attentif seront autant d'exemples pour lui. Si la compagnie se lève à longue distance, menez-le jusqu'au dernier pied, et là, faites-lui exécuter une randonnée ; ne le laissez pas retourner sur la piste déjà explorée ; mais quittez-la et allez à la remise qui ne peut être éloignée. Prenez le vent de manière que les émanations arrivent vers vous, ou plutôt vers le chien, et rendez-lui la piste interrompue par ce premier lever. Tâchez, cette fois, de déterminer l'occasion d'un arrêt sur toute la compagnie gîtée. C'est le fouet en main que vous devez faire exécuter ces manœuvres. Dès que votre élève a marqué son arrêt, jetez une pierre au milieu de la remise et sanglez votre chien s'il bouge d'une patte. La bande se lève ; ne regardez, ne voyez que lui ; mettez en joue avec votre canne et lâchez un : « pouf, ! » retentissant. Sanglez de nouveau l'impatient Tom s'il a quitté sa position, et renforcez votre : « tout beau ! tout beau donc ! »

Mais caressez-le très expressément s'il a bien exécuté sur ce nouveau terrain le programme qui lui est familier à la maison.

N'insistez pas sur cette première leçon. Ramenez-le au logis et laissez-le à ses souvenirs et à ses réflexions pendant quelques jours que vous occuperez de répétitions sur le même thème en y mêlant, à l'instant où vous jeterez en l'air une pièce empaillée, le bruit confus d'aile et de cris d'une compagnie au lever d'approche. Faites-lui goûter deux fois encore, et non plus, cette représentation de chasse en pleine campagne ; cela suffira pour lui donner des notions de quête, d'arrêt, de piste et de gibier, pour qu'il sache bien qu'il doit se tenir à petite distance, ne pas s'abandonner à un fol élan et pour qu'il comprenne la mimique d'un jeu qui va devenir un service.

Dans ces promenades d'essai, ne le mettez qu'en présence de gibier de vol, cailles ou perdreaux ; détournez-le formellement des pistes incertaines, celles du lièvre ou du lapin ; ne le faites entrer ni au bois, ni dans la haute moisson ; avancez lentement en répétant les mots sacramentels, les gestes imitateurs, les avertissements sévères, les excitations nécessaires, les ordres de direction. Reprenez de temps à autre plus absolument possession de lui en criant : « arrière ! » Vous l'habituerez ainsi à se ranger lorsque, voulant tirer une pièce en vue et posée, vous aurez besoin que votre chien s'écarte. Je vous ai dit que, parfois, vous ne l'attirerez à vous qu'en lui montrant son collier ou lui jetant un objet à rapporter.

Il est un autre moyen de le rappeler et de le ramener sur vos talons lorsque le voisinage d'une compagnie ou d'un lièvre vous oblige au silence. Poussez un faible sifflement pour obtenir son attention, baissez-vous un instant et prenez une pose d'affût en fixant ostensiblement un objet peu éloigné. Votre chien, étonné par ces simagrées, ou déjà instruit par l'expérience, s'arrêtera d'abord, puis fera un circuit pour gagner vos derrières et satisfaire sa curiosité vivement émue, en même temps qu'il prendra sur vous exemple de circonspection et d'attente. Je vous recommande de ne pas le tromper aux premières fois que vous exécuterez cette pantomime. Elle n'est une leçon qu'à la condition qu'un perdreau, une caille ou un lièvre soit d'abord et réellement l'objet de vos manœuvres, et que votre chien en soit assuré par le flair ou par le lever de la pièce.

Les gardes et dresseurs entretiennent ou se procurent une perdrix vivante qu'ils emportent, ou mieux font emporter, à l'insu du chien, par un camarade qui la laisse courir en laisse et la fixe dans un endroit convenu. Arrive le dresseur qui exerce son élève autour de cette remise improvisée et termine le jeu par une superbe détonation de voix, après laquelle il court lui-même s'emparer du gibier, pendant que son chien dupé tient l'arrêt et se persuade que cette belle rencontre et cette surprise lui sont dues. Un morceau de sucre, des caresses, la vue de la pièce et la satisfaction jouée du maître le récompensent. N'abusez pas de ce moyen ; votre intelligent Tom devinerait bientôt que vous trompez son innocence. Si vous y revenez à plus de trois essais, cessez du moins d'employer la même perdrix.

RÉSUMÉ. — L'apprentissage est terminé. A bon entendeur ces notions générales suffisent pour qu'il comprenne dans quelle direction invariable il doit tenir son élève comme préparation efficace de chasse et éducation domestique ; ces deux choses se tiennent et se corroborent ; elles s'unissent pour développer graduellement l'intelligence dans un sens spécial et pour inculquer la soumission, qui est la première vertu du chien d'arrêt. Achevons, mon cher ami, cette lettre déjà longue en faisant un retour d'ensemble sur les questions traitées. Il y en a trois principales, qui sont : le choix du rejeton, son éducation domestique, et son dressage préparatoire ou apprentissage.

Je vous ai signalé les conditions d'un bon choix ; ne vous en rapportez qu'à des titres authentiques si vous voulez vous préserver autant que possible de l'erreur. Je vous ai dit quels ils sont.

En sa qualité de compagnon familier, obtenez de votre chien qu'il ne soit importun ni en malpropreté, ni en jappements, ni en plaintes, ni en querelles. De bonne heure exigez qu'il exprime ses félicités sans vous salir de ses pattes, ses déplaisirs sans hurler. Que dans votre maison tout le monde sache et emploie les mêmes termes, ait les mêmes exigences que vous à son égard. Un domestique croyant bien faire, une vieille mère indulgente et attendrie gâteront parfois le fruit de vos leçons, l'un en n'osant traiter votre chien de la même façon que vous, l'autre en lui accordant toutes les latitudes pendant vos absences. Aimez et châtiez cet ami et serviteur à quatre pattes; pas de faiblesse, mais pas de brutalité. Ne réprimez que les fautes bien comprises ou qui viennent d'être commises; provoquez même celles auxquelles votre élève est sujet afin de le surprendre en flagrant délit et de lui faire aussitôt sentir la répression préparée. Ne donnez ni soufflets, ni coups de pied, ni pinces; mais sanglez le délinquant de la lanière sans nœuds d'un fouet à court manche, ou d'une cravache flexible.

Le fouet. — Entre chasseurs, vous entendrez souvent discuter cette question du fouet. La nécessité et l'effet de cet instrument pénal sont tels, mon cher ami, que vous jugerez de suite de la valeur des argumentations opposées par l'examen comparatifs des chiens. Ceux du partisan des moyens doux ne sont à proprement parler pas dressés; pour peu qu'ils s'échauffent, ils oublient l'obéissance, font la sourde oreille et perdent la tête. Mais suivez de l'œil le chien du contradicteur, qui sait que le fouet est au carnier, vous verrez la différence. Si, par hasard, les premiers sont dociles, méfiez-vous du dire de leur maître; il vous en conte ou se trompe. Un amateur quelque peu avisé reconnaîtra même que tel chien n'a pas été élevé par son conducteur actuel. Du reste, n'argumentons pas contre les avis ; gardez votre fouet et réglez-en sagement l'usage sur la dose de résistance ou de docilité naturelles que possèdent vos chiens.

Donc, à la maison, votre élève doit être et sera affectueux pour tous, caressant, bien nourri, bien logé, propre, silencieux, accommodant pour les intrus de son espèce, discret et obéissant. Je vous ai dit que son hygiène exige au moins une sortie en liberté chaque jour. Conduisez-le vous-même le plus souvent. Lorsque vous ne le pourrez, confiez-le à un domestique, à un membre de la famille ; cela n'a qu'un inconvénient, c'est qu'un accompagnateur d'occasion lui donnera un peu trop ses aises. J'engage ceux qui habitent une grande ville à la bien faire connaître à leurs chiens, à le mener chez quelques amis dont la rue, la maison seront des points de repère dans le cas où il s'égarerait. Aux champs, empêchez-le sévèrement de japper et de courir sus aux volailles, aux bêtes d'étable.

Evitez les querelles avec les chiens qui passent ; mais relevez le vôtre du péché de lâcheté s'il en était capable à un âge où, d'habitude, tous savent se défendre. Enfin le chien reste couard parce qu'il n'a pas la conscience de sa force; il vous est facile d'éveiller ce sentiment, non pas par des excitations indécentes et cruelles, mais par l'instinct de jalousie, ou plutôt de propriété et de gourmandise. Ainsi, emportez à la promenade un os dont votre jeune ami se pourlèche d'avance; mais offrez-le à un autre et, les deux convoitises suffisamment échauffées, jetez-le dans l'arène, entre les deux solliciteurs. Il y a gros à parier qu'il reviendra à votre Tom de par le gain de la bataille. Fier de sa prouesse, il oubliera pour toujours sa timidité. S'il est chien mâle, laissez-le une fois aux trousses d'une femelle en rut; il vous reviendra quelque peu écorché, mais brave.

Je m'aperçois que je rentre dans les détails. Je n'y puis mais; le sujet m'entraîne, et j'en passe, mon cher ami, pour ne pas vous ennuyer. N'ai-je pas oublié de vous parler des diverses corrections applicables, la gronderie, le juron, la grosse voix, la privation d'une friandise entrevue, les renvois à la niche, les signes de fâcherie, les murmures avec coups d'œil menaçants, l'aspersion d'eau froide, les tapes sèches sur les pattes indiscrètement dressées jusqu'à vos pantalons ou jusqu'à la table, le nez dans l'urine, la menace du fouet, le fouet; tout est matière à répression, même le souffle de la bouche, même le vent d'un soufflet, peines que l'on inflige selon la nature et la gravité de la faute. Mais quittons définitivement ces minuties.

Je n'ai rien à ajouter à ce que je vous ai exposé relativement à l'apprentissage de chasse. Dans ma prochaine lettre nous entrerons en campagne avec la permission de M. le préfet.

LETTRE VI.

Entrée en chasse.

Le grand jour est arrivé. Vous allez commencer la série de ces ouvertures qui illustreront votre Tom... mais un peu plus tard, car n'espérez pas que celle-ci soit très brillante, du moins très productive. Avant que votre aide chasse pour vous, c'est vous qui allez chasser pour lui. Il faut vous résigner à continuer le dressage ébauché, sous peine que ledit Tom ne soit jamais qu'un indigne. Il faut vous résigner à poursuivre son éducation ; vous tuerez moins, vous tuerez peu, il est vrai ; mais chaque perdreau méthodiquement abattu vous sera comme un placement à gros intérêts. La seconde ouverture vous rendra au décuple ce que vous aurez consenti à perdre dans la première. Voulez-vous courir, lever et tirer comme à tort et à travers, ramasser du gibier, encore du gibier, mais abandonner votre chien à lui-même, ne plus vous occuper de lui pour ne voir que la pièce levée? le laisser à son étourdissement, à son effarement, à un vagabondage affolé qui le précipitera de chasseur en chasseur, de détonation en détonation? qui le lancera éperdu au milieu des compagnies ou à leur ardente poursuite? qui lui fera en un instant oublier l'arrêt, le rapport, la docilité? qui jettera le désordre entre les chiens, entre les compagnons du même plaisir? qui provoquera çà et là l'étonnement et la colère? Vous ne le voulez pas; ce serait une chute ridicule, une contradiction formelle avec les principes qui vous ont guidé jusqu'à présent; suivons-les donc encore, même plus que jamais. Vos premières chasses vous feront un chien de grande valeur ou une rosse, selon que vous aurez su plus ou moins les utiliser.

Solitude.

Et d'abord, entrerez-vous seul ou accompagné dans la lice? Je ne sache rien de pire, mon cher ami, que de produire tout-à-coup votre jeune apprenti au milieu de trois ou quatre autres chiens; rien de plus indiscret à vous que d'exposer une chasse d'ensemble à l'importunité des maladresses de votre Tom et au bruit de vos appels ou des corrections que vous lui infligerez. Il sera troublé au sein de cette espèce de meute si gaie, si alerte; peu après, se trompant à ces éclats de joie, il voudra jouer avec l'un, avec l'autre et recevra partout des rebuffades; en quête, il ne s'intéressera qu'aux vives démonstrations de ses compagnons à quatre pattes, se laissera absorber, se précipitera à l'unisson de son plus voisin mis à la poursuite d'un lièvre blessé, s'élancera avec un autre vers une perdrix abattue ou démontée; bientôt comprenant que chaque détonation est le signal d'un événement intéressant, il ira à tous les coups de feu, deviendra comme fou, aussi gênant que malavisé; vingt fois il vous quittera malgré vos cris, malgré le sifflet, ne reviendra que pour recevoir le fouet, puis refusera de vous approcher, n'entendra, ne verra, ne comprendra plus rien. Hélas! c'est ainsi, la plupart du temps que les jeunes chiens font leur début de chasse. Il importe donc que vous entriez dans l'arène seul avec lui ou secondé par un vieux chien que vous savez incapable de se laisser embrouiller par son cadet. Il importe aussi, que contrairairement aux singuliers avis de certains amateurs, vous donniez la soupe avant le départ; un bon repas accroit et soutient la vigueur. Les chiens d'âge, privés sous ce rapport, se ratrappent en croquant un perdreau tombé à l'écart.

Piste.

Voici comment les choses se passent alors. Après quelques gambades étourdies, le plus jeune se met aux trousses de son aîné et ne le quitte plus. S'il ne sait encore le but de cette quête active que l'autre déploie, il n'en est pas moins attiré et retenu dans son rayon par la curiosité, excité à faire de même par l'instinct d'imitation et par vos invitations réitérées. Il se présente une piste! le plus habitué des deux la prend et la suit avec une méthode et des démonstrations qui rappellent sans cesse l'autre auprès de lui; puis un arrêt, un lever, une détonation, une culbute de la pièce, un « cherche! apporte! » retentissant, un élan direct et rapide, une petite lutte si la pièce tressaille encore, un rapport enfin, des caresses, des félicitations, telle est la scène qui se déroule sous les yeux du plus jeune et lui sert d'émouvant exemple.

Arrêt et rapport.

Tâchez de n'avoir affaire au début qu'à des perdreaux; rassemblés en compagnie, très odorants, peu effarouchés encore, ils offrent les meilleures conditions pour la quête, la piste et l'arrêt, pour le lever bruyant et ostensible, pour le rapport facile. Mais, tâchez surtout de ne conduire votre élève qu'à des chasses giboyeuses et de ne pas manquer vos premiers coups. Il sera dérouté lorsque l'objet visé et tiré s'enfuira nonobstant à tire d'aile. Après quelques bons exemples ainsi proposés à son intelligence et à son instinct imitateur, essayez de retenir en arrière le plus vieux des deux et de livrer au plus jeune seul la piste reconnue; redoublez d'attention et de soins car vous devez, cette fois, abattre la pièce qui se lèvera en même temps que vous exigerez l'arrêt et le rapport. S'il fausse, ne tirez pas, mais grondez; commandez « arrière! » au maladroit et remplacez-le par son ancien.

Il advient souvent que l'élève s'amuse avec le perdreau tombé ou qu'il le mordille ou qu'il refuse le rapport. Le meilleur correctif que vous puissiez opposer à ce défaut, c'est d'envoyer l'autre chien; il est rare que, par jalousie, par sentiment de la propriété, l'un ne défende pas contre l'autre l'objet déjà happé et que le récalcitrant de tout à l'heure, pour se défaire d'une menace de dépossession, ne s'empresse pas d'accourir déposer en vos mains la pièce en litige. Il m'est plusieurs fois advenu d'enseigner, par ce simple procédé, le rapport à des chiens qui l'avaient jusque-là obstinément refusé. Mais peut-être n'aurez-vous pas ce secours? alors, ramassez le perdreau au carnier; puis jetez votre mouchoir et criez « apporte! » enfin, sortez le perdreau lui-même, faites-le flairer et reconnaître et jetez-le avec le même commandement; il fera pour lui ce qu'il vient de faire pour le mouchoir.

Conduit par ce vétéran fûté, quelquefois même grondé et corrigé par lui autant que par vous, le jeune adepte se modèlera sur lui jusqu'à faire bientôt cet arrêt à patron qui est le signe d'une parfaite entente. Mais ne prolongez pas cette éducation en sous-ordre; le patroné y contracte l'habitude de s'en rapporter à son vieux chef et de s'inquiéter des autres chiens plus que de son propre service.

Si vous n'avez pu vous aider d'un second expérimenté, vous suppléerez vous-même à ce manque de secours. Aux soins dont je vous ai parlé dans l'apprentissage, vous joindrez ceux qui concernent le rapport.

Collier de force et coup de fusil.

Ces deux services, l'arrêt ferme et le rapport sans pillerie, ni hésitation sont quelquefois difficiles à obtenir. Leur importance explique les exigences du chasseur et les procédés recommandés et mis en usage pour venir à bout du chien indocile. Je crois, mon cher ami, qu'un chien préparé de longue main, rompu à l'obéissance, aux exercices de la maison, bien conduit à ses débuts accomplira cette double et nécessaire fonction de bonne chasse sans résistance.

Beaucoup ont naturellement ces talents qui sont particulièrement l'apanage de la race; ceux qui ne les ont pas ont été mal élevés ou portent un vice, un mâtinage d'origine; quelques-uns ont été rebutés par leur maladroit conducteur; peu, très peu, s'obstinent contre les leçons et la volonté d'un maître qui sait s'y prendre convenablement. Enfin, il en est quelques-uns qui rapportent tel gibier ou tel autre; aussi n'a-t-on vaincu que la moitié des difficultés lorsqu'on a obtenu l'arrêt et le rapport sur terre et à propos de gibier terrestre et de plume; reste à compléter à l'égard du gibier de poil et du gibier d'eau. J'ai noté les principaux et meilleurs moyens d'habituer le chien à ces deux services. Il en est un autre, moyen de coercition, dont on parle beaucoup, mais dont, heureusement, on fait peu usage. J'ai nommé le collier de force; voyons ce qu'il peut donner.

Il est nécessaire contre le chien qui n'a pas reçu de principes longuement inculqués, contre celui qui résiste aux démonstrations intelligentes et patientes, soit par obstination, soit par excès d'ardeur. J'ai peu vu employer l'instrument; quelques dresseurs de profession m'ont dit qu'ils avaient rarement eu occasion forcée d'y avoir recours. Il s'offre donc plutôt en théorie qu'en pratique à ceux qui ont dessein d'en faire usage. Tout le monde sait que la manœuvre consiste à tirer sur la longe, à obliger, par la douleur ressentie, l'élève rebelle à rester immobile, en arrêt, ou à accepter et garder dans sa gueule la pièce qu'on y fait entrer. Je conviens que cette souffrance infligée au chien dès qu'il lâche l'objet est de nature à le contraindre, à le dompter dans sa résistance; mais, pour l'arrêt, comment agir à point, juste au moment où il devrait le faire? Qui vous dit que le gibier est à la distance qui exige l'arrêt? Si vous conduisez votre chien sous le vent d'une perdrix attachée, qui vous dit qu'il l'a sentie? Et puis, voyez-vous d'ici la mine d'un chasseur qui s'attèle son Tom, court les champs en le tenant en laisse, en le martyrisant de secousses qui le blessent et l'ahurissent, qui ne peut plus ni viser, ni tirer, même quand il a obtenu cet arrêt si disputé, ou qui, tout-à-coup, secoué à son tour par son élève au moment où il vise, perd l'équilibre, lâche son coup n'importe dans quelle direction, quelquefois vers son chien et tombe sur le nez d'une façon très déplaisante. J'ai beaucoup plus ri que tué de perdreaux un jour que l'un de mes amis me donna cette représentation burlesque.

Pour le moins faudrait-il être deux à cette expérience, l'un qui manœuvrerait la longe, l'autre qui tirerait le gibier levé, afin que la leçon fut plus aisée et plus complète. Inutile, mon cher ami, de vous dire qu'à l'emploi de ce moyen, je préfère celui de la patience. Mais le collier de force n'en est pas moins *l'ultima ratio* pour l'arrêt et le rapport. Si son usage est sans résultat, chassez seul plutôt qu'avec un gredin qui bourre et laisse dédaigneusement le gibier tué ou blessé.

Des chasseurs sont venus à bout de l'entêtement de leur chien pris en flagrant délit de bourrade en leur envoyant un coup de fusil. Ce châtiment adressé à longue portée, à petit plomb, vers les parties charnues du délinquant et dans le flagrant délit a parfois un immédiat et définitif résultat; mais assez souvent le plomb blesse trop ou trop peu; on effarouche le chien qui, redoutant son maître autant que le fusil, pris de terreur à chaque coup de feu, n'est rassuré que quand il est hors de portée. Moyen incertain, susceptible d'autant de mal que de bien.

Il en est encore qui ont, selon l'expression consacrée, la dent cruelle. L'instinct primitif du chien lui commande d'étrangler la bête saisie. Vous observerez, dans les premiers temps, que le vôtre ose à peine y toucher, qu'il contient ses palpitations ou ses derniers efforts entre ses pattes et sous son museau ; plus tard, il la saisira franchement entre les mâchoires et, soit par spasme instinctif, soit par ardeur, par éblouissement du moment, il la serrera au point d'enfoncer ses crocs dans les chairs vives. La pièce ne vous arrive que déformée, éventrée, rebutante à voir, salissante pour le carnier, très laide pour la cuisine. Faites remarquer à votre élève ces déchirures béantes ; grondez-le et tâchez qu'il comprenne. Beaucoup se corrigent spontanément; d'autres par l'émoussement des impressions, quelques-uns par la répression effective; mais non tous.

Alors, les dresseurs enfoncent à travers le corps d'un perdreau des brochettes dont les pointes dépassent d'un peu la surface cutanée du volatile. Ainsi préparé, on le lance et on ordonne le rapport; le chien happe, serre, se blesse, quitte l'objet, le reprend, serre moins et finit par le rapporter intact de meurtrissures. Le mâchage et les tiraillements qu'il exerce au début sur les victimes de votre adresse proviennent assez souvent aussi de ce que, dans les jeux de la maison, vous l'avez excité à mordre, à retenir les objets, à soutenir contre vous une sorte de petite lutte à qui ils reviendraient ; il ne fait alors que perpétuer en chasse son habitude qui l'amusait au logis ; pour l'en détourner, il lui faut plus de gourmades qu'il ne lui en a fallu pour acquérir ce talent incomplet d'un rapport mal enseigné.

Chasse à deux

Dès que vous serez satisfait de votre élève, vous accepterez, vous solliciterez même d'accompagner un ami dans quelques tournées de chasse, mais un ami qui se prête complaisamment à vous seconder. Attendez-vous à voir le jeune étourdi quitter le rayon convenable de votre quête et de la sienne pour s'intéresser aux œuvres du chien voisin et s'élancer avec lui vers les pièces levées et abattues par votre associé. Vite un coup de sifflet énergique pour rappeler l'indiscret; s'il n'obéit aussitôt, votre ami le chassera par quelques cris, par un coup de fouet ou une pierre à destination précise. De votre côté, vous recevrez le délinquant avec force murmures, et, s'il récidive, avec quelques fouettées d'importance.

En procédant ainsi, n'ayez crainte qu'il s'obstine à renouveler des visites si mal accueillies sur le territoire de l'ami. Vous ne pourrez empêcher qu'il ne lève la tête et ne regarde passionnément du côté où retentit un coup de feu ; mais sa distraction se bornera à ce témoignage qui a, du reste, son bon côté ; les chances du voisin lui donnent une jalousie, une émulation qui l'invitent à bien faire.

Gibier de poil

Jusque-là vous aurez évité toutes les occasions de rechercher et de suivre les pistes de lièvre et de lapin. Je donne à cette recommandation une valeur capitale. Il existe, en effet, entre le gibier de vol et le gibier de pied une différence énorme pour le chien. Il apprend vite que sa course la plus rapide, son élan le plus impétueux ne le portent jamais sur cet oiseau qui lève à distance, échappe de suite à l'effort et disparaît à travers un élément où le plomb seul l'atteint. Mais ce lièvre qui passe et fuit, qui reste, comme le chien, fixé au sol, ce lapin qui lève sous le nez et déboule à vue, quelles tentations de lutter avec eux de vitesse sur un élément commun, à l'aide d'organes identiques ! Ni roquet, ni mâtin, ni jeune chien de bonne race n'y résistent ; ils veulent lutter et luttent nonobstant les rappels, les cris, le sifflet, les jurons, et ils s'en vont au diable jusqu'à ce que le poursuivi ait disparu à la vue du poursuivant ; encore celui-ci ne se tient-il pour battu et s'acharne à une vaine quête là où il a perdu de l'œil son cher ennemi, qui s'en moque. Ce n'est là ni une piste, ni un arrêt, ni un rapport.

Ecartez-vous, écartez votre chien de ces attaques insidieuses ; ne tirez pas au début le gibier de poil. Et même si une perdrix démontée ou malade s'offre en prise, ne la tuez que sur l'arrêt exact. Le chien généralise tout ce qui flatte ses passions ; d'une perdrix surprise, il concluera à la nécessité de les surprendre toutes. Rappelez-vous toujours que, par nature, un chien d'arrêt ne chasse d'abord que pour lui ; que c'est une difficile chose de détourner cet instinct personnel pour le faire aboutir, non-seulement en réalité effective, mais encore dans l'âme et la conscience de votre élève, à votre unique profit.

Le temps arrive, cependant, où il est convenable qu'il fasse connaissance avec les grands coureurs de la plaine, les familiers de la haie et du bois. Si vous le pouvez, ayez recours, une première fois, à l'artifice d'un lièvre promené et enfin attaché au pied d'une broussaille solitaire ; tuez-le sur l'arrêt et abandonnez-le aux empressements curieux du chien en lui interdisant le mâchage et les tiraillements ; puis laissez-le à terre; emmenez le chien à quelques vingt pas et faites rapporter. De ce moment ne fuyez plus les rencontres de ce genre ; mais abstenez-vous de précipitation à les rechercher, car cette quête au buisson et à la haie permet à votre élève de s'éloigner, de quitter, sans être aperçu, la distance que vous lui imposez comme règle invariable et qui est celle du tir à bonne portée. Délibérez avant de le lancer sous bois ; ne tâtez d'abord que les bordures et ne soyez plus osé qu'à mesure qu'il se contiendra mieux dans les bornes prescrites. Ne tirez jamais qu'à l'arrêt ; consentez à perdre dix fois l'occasion d'une aubaine plutôt que de donner une fausse leçon.

Progressivement, aussi, vous mêlerez votre chien à ceux de compagnons acceptés ; mais faites retour sur vos premières habitudes dès que, exalté par le nombre des voisins, par le bruit, ou entraîné par d'autres mal dressés, il s'oublie et perd la tête. Alors écartez-vous, écartez-le de vos compagnons et des siens et chassez à longue distance d'eux.

LETTRE VII.

Multiplicité des aptitudes et des services.

Je suis convaincu, mon cher ami, que si nous particularisions en France, comme en Angleterre, le service des chiens d'arrêt, nous obtiendrions d'eux cette méthode, cette rectitude qui sont le témoignage irrécusable des véritables aptitudes et d'un excellent dressage. Imaginez que vos élèves soient, tour à tour et exclusivement, employés à la quête, plus tard à l'arrêt, plus tard encore au rapport, d'abord au gibier de vol, puis au gibier de pied ; que de perfections se réuniraient ainsi et successivement dans un seul chien qui aurait subi le temps, l'exemple, la contrainte dans chacun de ces services exécutés d'abord dans leur simplicité, puis réunis en faisceau à l'expiration de cet assez long apprentissage. Nécessaire chez nos voisins d'outre-Manche qui abandonnent leurs élèves à des dresseurs habiles, qui s'en servent pour ainsi dire sans les connaître et sans en être connus, ce mode fait de leurs chiens des esclaves de l'étiquette, de la règle, et les assimile au devoir de chasse au point que le conducteur peut varier sans que l'allure de l'aide en soit influencée. Ajoutons que, du reste, le serviteur qui l'a dressé reste souvent derrière lui et le rappelle au devoir dès le moindre écart. En France, nous ne procédons pas ainsi. Pauvres de moyens, de traditions, de principes, nous confusionnons les exigences, nous les entassons pêle-mêle dans une intelligence jeune et relativement étroite. De la façon que je vous dis, on créerait sûrement un idéal. Mais restons à la portée de nos nombreux amateurs qui ne sont pas tous des Anglais.

Gardez votre chien comme le Lorrain garde son lard ; ne le prêtez à qui que ce soit, pas même à votre frère, qui n'aurait pas les mêmes termes, les mêmes accents, qui chasserait pour tuer et non pour dresser, qui détournerait vers lui une part de ces chaudes affections que le chien voue à ceux qui le mènent au gibier. Ne lui faites voir en campagne aucun volatile qui ne soit de prise légale et sacramentelle. Persécutez-le d'une boutade ou d'une correction lorsqu'il s'arrêtera sur des taupes, des couleuvres, des lézards. Ne l'amusez pas à la haie où il s'accoutume à chasser de l'œil et de l'oreille plus que du nez. Concentrez toutes les occasions, toutes vos volontés sur les quêtes au bout desquelles se trouvent le plus probablement l'arrêt, le lever favorable, la chance d'un tir heureux et un rapport facile. Enfin, en règle très-générale, menez seul fréquemment et délibérement votre élève, et tenez-le dans la plaine sous votre surveillance continuelle.

Après cinq ou six semaines, il a achevé de faire ses premières armes. Il s'est trouvé en présence d'incidents multiples, variés, qui constituent son premier fond d'expérience. Il connaît presque toutes les espèces chassées ; il ne prend plus le contre-pied de la piste ; il arrête fermement, apporte sans se faire prier et vous remet la pièce dans cette pose obligée, assis sur son séant, pose qui a l'avantage de couper court aux façons, aux demi-cercles et tournoiements d'un jeune chien. Vous êtes sûr de sa docilité ; il va à droite, à gauche, se range derrière vos talons à vos signes télégraphiques ; sa manière de suivre vous indique même quel gibier il rencontre ; il sait distinguer les fausses des vraies pistes ; il est sans cesse en éveil, sur le qui-vive et s'attend à tout événement.

En octobre, en novembre, vous le conduirez à la

bécasse et au marais. Malgré que, parfois, il y répugne, il fourragera dans les hautes herbes à votre ordre et rapportera, par habitude générale, ce canard dont l'odeur lui déplait; s'il se rebute à l'encontre d'un rale obstiné, ne quittez la place qu'il ne l'ait levé; il apprendra aussi la patience et l'obstination. Récompensez ses bonnes œuvres par des applaudissements et par un morceau de sucre; blâmez et châtiez les mauvaises; démontrez-lui sans fatigue le chemin et le but.

Chaque journée de sortie, chaque incident sera une leçon, une expérience de plus. Il apprendra à tenir ferme au milieu d'une compagnie qui se détache un par un jusqu'à ce que vous ayez épuisé vos coups à tirer et n'ira ramasser qu'après le départ de tous les perdreaux. D'abord embarrassé en présence d'un heureux coup double, il se fera à rapporter l'une après l'autre les pièces tombées, à étouffer celle qui se débat et menace de s'échapper; car il se souvient que telle, abattue et étourdie seulement, s'est tout à coup réveillée et a pris le champ à la barbe de son ennemi étonné. Les vieux chiens ne s'y laissent plus tromper; lièvre ou perdreau, aussitôt happé, aussitôt exécuté, de peur d'accident. A dater de ce moment, vous devez exiger de votre chien que seul et sans votre secours, il trouve et rapporte toutes les pièces tombées. Au risque d'en perdre quelques-unes dans les premiers temps, il faut vous débarrasser de la sujétion d'être vous-même votre propre rapporteur. Au bois comme en plaine, c'est désormais à lui d'accomplir ce service.

Il est ridicule et maladroit d'exiger d'un chien qu'il apporte le gibier encore tressaillant. Cela est contraire à un fond presque incorrigible de sa nature ; de plus, cela expose à des pertes inattendues, à des luttes pillardes. L'empailleur, mais non le chasseur, veut que son chien n'étouffe pas la victime qui palpite. Bientôt le vôtre distinguera la pièce blessée et fuyante de celle qui n'a pas été touchée par le plomb meurtrier ; de l'œil ou du nez, il jugera de la direction à suivre pour aller vous la chercher ; mais ne vous en rapportez pas entièrement à lui ; accompagnez-le, aidez-le, soutenez-le du geste et de la voix jusqu'à ce qu'il ait trouvé. Cet incident, bien utilisé, est un de ceux qui éclairent le plus l'intelligence d'un chien et qui font naître d'élève à maître et de maître à élève cette confiance réciproque dont les chasseurs expérimentés et les chiens bien conduits s'honorent mutuellement après quelques mois de société guerroyante.

Les circonstances de chasse sont très variées ; le conducteur les devine et les apprécie souvent mieux que son élève; mais il n'est pas que celui-ci n'oblige parfois son chef de file à recevoir lui-même une leçon inattendue. Un beau jour, par exemple, vous avez tiré un lièvre au jugé; vous cherchez en vain quelques poils ou une goutte de sang à l'endroit visé; même vous avez vu le lièvre traverser plus loin une clairière au grand galop; vous tenez pour certain que vos plombs n'ont pas porté; cependant votre chien saisit avidement la piste et la court malgré que vous battiez le rappel; il disparaît et vous laisse croquer le marmot, maugréant et apprêtant la lanière vengeresse; plus l'absence est longue et plus le flot de votre colère monte : « Ah! quelle correction! » murmurez-vous. Mais voici l'indocile et votre bras tombe désarmé; vous lui souriez, vous le fêtez, car il rapporte, haletant, succombant à la fatigue, ce lièvre manqué. Vous pensez alors que votre brave Tom est parfois plus malin que vous, et vous faites bien.

L'aplomb lui vient au milieu de ces épreuves répétées; il ne se grise plus, ne s'embrouille plus. Au centre d'une compagnie, sa contenance est aussi prudente qu'assurée; il ne bronchera pas que vous n'ayez levé la bande. Il va alors ramasser les morts, et il lui arrive de vous offrir ce superbe spectacle de faire arrêt sur un vivant retardataire en tenant l'un des morts entre ses mâchoires. Vous avez confiance en lui ; c'est le moment de lui donner de la latitude, de lui laisser battre, hors de portée du fusil, les champs incertains et tâter la veine, comme on dit, pour vous épargner la fatigue et les quêtes vides.

Les bons commencements répondent de la fin. Désormais votre élève se développera presque seul ; mais n'espérez pas qu'il atteigne avant la troisième année la perfection vers laquelle vous le guiderez sans impatience, ni fautes. Vers son âge de quatre ans, il sera l'honneur de vos soins, le prix bien mérité de vos quelques sacrifices du début.

Mais nous n'avons fait chasser nos élèves qu'en plaine. Ne vous ai-je pas promis de le conduire au bois et au marais ? Comme préliminaires de l'une et l'autre de ces chasses, vous avez quelques précautions à prendre :

1° *Au bois.* — Ne conduisez sous la feuillée qu'un chien dressé, appris à ne pas s'écarter, ni à s'emporter et à arrêter net ; si le taillis est pressé et obscur, suspendez au cou du chien une clochette qui vous permettra de reconnaître tous ses mouvements de quête, sa proximité, ses écarts, ses arrêts. C'est au même point de dressage que vous devez seulement vous permettre de pousser votre chien à la haie; si vous l'y mettez trop jeune, il y quêtera de l'oreille et de l'œil, sans fouiller du nez à travers des branchages serrés, des ronces blessantes. Ignorant que le lièvre y gîte, il ne prendra pas la peine d'y chercher avec soin ; il se méprendra sur vos intentions, et, au lieu de quêter intelligemment un lièvre ou un lapin, ou un perdreau blotti, ou un râle vagabond, il restera longtemps persuadé que, comme lui, vous ne vous intéressez qu'au froufrou, au voletage des petits oiseaux, des grives et des merles.

2° *Au marais.* — C'est une grosse affaire pour un chien de poil court, pour un braque, qui est plutôt amateur de bois, de haie ou de plaine. Il faut vous y prendre de bonne heure. Dès que la saison douce est revenue, conduisez votre élève dans quelque lieu coupé de fossés ; vous les franchirez d'un saut ; lui, sera obligé de se mouiller pour les traverser, bientôt même de nager. Envoyez-lui ramasser de l'autre côté des os, un morceau de sucre ; bientôt il ne se fera prier pour se jeter à l'eau, avec laquelle il aura fait connaissance. Puis allez à la rivière et nagez en appelant à vous votre chien, l'y mettant doucement s'il refuse, et le soutenant dans ses premiers efforts. Le talent et le goût lui viennent vite en été. Si vous ne nagez, passez l'eau sur une barque et appelez votre chien ; il la suivra de peur de vous perdre. Dès lors prenez le fusil, et, aux premières bécassines d'août, fouillez avec le chien le bord des rivières, les roseaux du fossé.

De là au marais, il n'y a qu'un pas; mais il vous reste un grand point à obtenir, le rapport du gibier d'eau. Procédez encore ici du simple au composé. Commencez par habituer le chien à aller saisir et à vous rapporter une touffe d'herbe, un bâton flottant; flattez et récompensez-le dès qu'il comprend et obéit. Mettez à cet exercice autant de patience que de soin et d'attrait.

Mais voici où git la difficulté : c'est de décider le chien à rapporter un oiseau de marais, râle, bécassine, sarcelle ou canard. Ce gibier a un fumet qui lui déplaît. Il nage jusqu'à la pièce tombée, la sent, tourne autour d'elle et l'abandonne; il y retourne sur votre ordre; mais il quitte encore et refuse un nouvel essai. Résignez-vous pour ce premier moment à perdre la pièce abattue ou à l'aller ramasser vous-même. Si quelque autre chien mieux dressé y va pour le vôtre et pour vous, tant mieux; ce sera de bon exemple, d'un exemple qui, répété, suffirait à lui seul pour engager le vôtre à mieux faire.

Mais cette leçon communicative est lente. Mieux vaut instruire chez soi le récalcitrant. Enveloppez une bécassine, un râle dans une feuille de papier graissé avec une sauce savoureuse : soyez convaincu que le chien ne la laissera sans y mordre et la déchirer. Puis forcez-le à rapporter l'enveloppe et le gibier avant qu'il la lacère ; diminuez peu à peu l'enveloppe et enfin cachez-la sous l'aile de la bécassine, du râle, de la sarcelle, du canard; votre chien vous rapportera pour obtenir sa récompense; le dégoût pour le fumet aquatique lui passera et, à la première occasion, il ne l'abandonnera plus à la surface ou parmi les roseaux du marais. Mais pendant longtemps encore il s'y prendra de façon à ne pas trop contrarier sa répugnance instinctive ; vous le verrez saisir le volatile par un bout d'aile ou de queue, nager en le traînant sur l'eau, le déposer et le laisser au bord. N'exigez pas trop alors ; plus tard, il happera franchement, surtout si la pièce se débat, et même vous le verrez plonger si elle plonge pour se sauver des dents qui la menacent. Heureux si vous offrez au début à votre jeune adepte la chance d'une lutte avec un gibier simplement démonté ; laissez-le le piller, le tuer même ; l'excitation d'un combat fait oublier les répugnances.

Maintenant, permettez-moi, cher ami, de vous abandonner, vous et votre chien, l'un à l'autre. Je vous en ai dit assez pour vous inculquer le véritable esprit du dressage. Aux notions générales, j'ai joint quelques détails, quelques exemples ; nous ne finirions pas, moi d'écrire, vous de lire, si nous pénétrions dans les circonstances du sujet qui a rempli ces six longues lettres. Il m'en coûte de faire arrêt sur une si bonne piste qui m'a fourni l'occasion de bavarder et de faire allusion à mes campagnes chasseresses. Il suffit, pour votre instruction, que je vous aie montré à conduire votre chien jusqu'au perdreau à abattre; point n'est besoin que je vous fasse tirer, un à un, la compagnie entière.

Si je ne me trompe, vous avez trouvé bien longues et peut-être ennuyeuses ces feuilles noircies de mon menu grimoire et surtout la dissertation préalable qui sert d'introduction au sujet principal. Que voulez-vous? il fallait bien aller au fond des choses, même remonter un peu au déluge qui est comme l'origine obligée de tous les discours. Il fallait, surtout, préparer et nettoyer le terrain avant d'aborder la question intéressante. Je vous en ai donné plus que vous ne comptiez en recevoir; pour mon excuse, j'ai votre sollicitation qui a réveillé ma plume endormie; mais je voudrais surtout avoir ce proverbe de la sagesse des nations : Abondance de biens ne saurait nuire. Vous en prendrez ce qu'il vous plaira.

Je n'ai plus, cher ami, qu'à finir par un souhait : Que saint Hubert vous ait en sa sainte et digne garde, ainsi que vos jeunes preux de bonne et belle race!

TABLE DES MATIÈRES

		Pages
LETTRE Ire.	Exposition.	1
	Délaissement du chien en France	3
	Caractères des races.	4
LETTRE II.	Du choix d'un chien	14
LETTRE III.	Elevage du chien.	25
	Soins et éducation domestiques.	29
	Dressage préparatoire	33
LETTRE IV.	Des punitions	38
	Piste	39
	Epreuve du fusil	42
	Docilité . . . :	44
LETTRE V.	Apprentissage de chasse.	46
LETTRE VI.	Entrée en chasse	58
	Solitude.	59
	Piste	61
	Arrêt et rapport	61
	Collier de force et coup de fusil	63
	Chasse à deux.	68
	Gibier de poil	69
LETTRE VII.	Multiplicité des aptitudes et des services. . .	73
	1° Chasse au bois	78
	2° Chasse au marais	79

LILLE, IMP. LEFEBVRE-DUCROCQ.

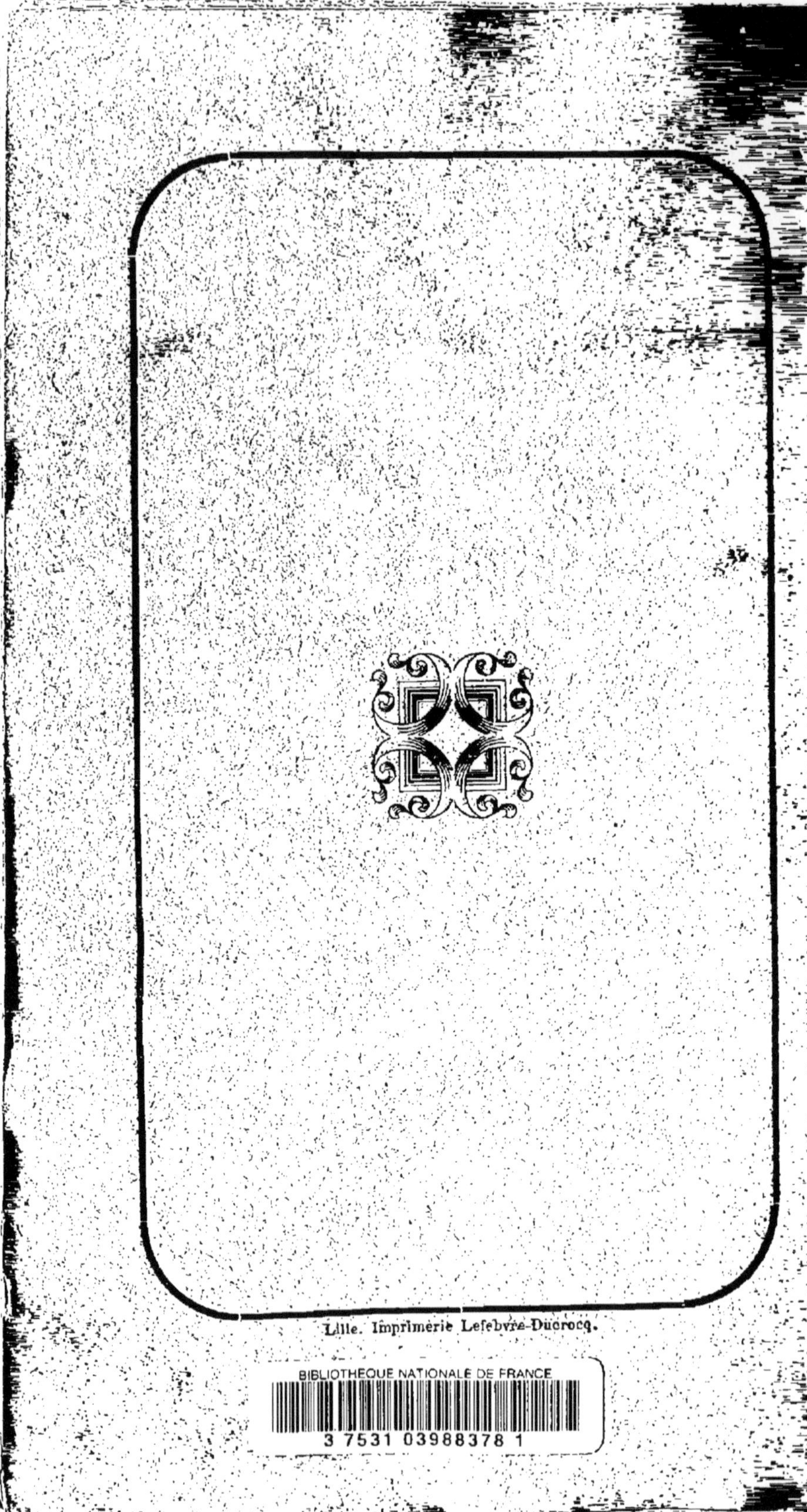

Lille. Imprimerie Lefebvre-Ducrocq.

BIBLIOTHEQUE NATIONALE DE FRANCE
3 7531 03988378 1

www.ingramcontent.com/pod-product-compliance
Ingram Content Group UK Ltd.
Pitfield, Milton Keynes, MK11 3LW, UK
UKHW021224230726
13926UKWH00003B/1221

9 782014 438673